수치심 탐구 생활

!}

어딘가 맞지 않는 사람

나는 내가 다르고 부적절하고 부족하다고 느낀다.

초대받지 않은 파티에 맞지 않는 옷을 입고 참석한 사람 같다. 다른 사람들은 삼삼오오 모여 편안하게 분위기를 즐기는 듯 보인다. 무리 중 하나에 애써 끼어 보지만 나는 둘러앉은 이들만큼 재치 있거나 의미 있는 말을 생각해낼 수 없다. 겨우 할 말을 떠올려 본대도 도무지 입을 열 타이밍을 모르겠다. 잠깐의 침묵이 찾아오는 틈을 노려 아무도 말하려는 낌새가 없음을 확인한 후 용기를 쥐어짜서 입을 떼본다. 하지만 이미 대화의 흐름은 미묘하게 바뀌어 있어 내 말은 뒷북이거나 흐름을 방해하는 자투리가 될 뿐이다. 겨우 말을 마친 나는 사람들이 내 말을 들었다는 점에, 그리고 그 말이 적절하지 않았다는 생각에 얼굴이 벌겋게 달아오른다. 불안한 눈동자로 대꾸해주는 이가 있는지를 주의 깊게 살핀다.

이 모습을 내내 지켜본 누군가가 퉁명스럽게 의문을 제기할 것만 같다. 쟤는 왜 저기에 저러고 있는 거지? 누가 들여보낸 거야? 나는 아무래도 이곳에 있을 자격이 없다.

이것은 모두 내 머릿속에서 일어나는 일이다. 객관적인 사실은 내게 있어 그다지 중요하지 않고 힘도 없다. 객관적인 사실조차 나의 주관적인 인식 세계 안에서는 한없이 폄하될 뿐이다. 내가 한 말이 적절한지, 내가 입은 옷이 적당한지에 관하여 나는 결코 긍정적인 평가를 내리지 못한다. 타인의 인정이 있어야 하는데 그조차 한둘로는 부족하고 만인의 승인이 내려져야만 비로소 안심할 수 있을 것 같다. 하지만 그건 영영 불가능한 일이다.

스스로 바라보는 자신이란 팔을 뻣뻣하게 휘두르다 테이블 위의 잔을 깨뜨리고, 드레스 자락에 걸려 뒷걸음질하다 다른 사람의 발을 밟고, 목소리가 갈라져 나오고, 서 있을 자리를 찾지 못해 우왕좌왕하는 모습이

다. 그런 나에게 쏟아지는 타인들의 시선을 아프게 의식
한다. 그것을 내면화한 나의 시선은 끊임없이 자신을 살
피고 점검하는 데 쓰인다.

바로 이것이 존재에 대한 총체적인 수치심이다. 세
상과 타인과 묘하게 어긋나 있는 느낌. 나라는 존재가
충분하지 않다는 인식. 나는 이상해서 이해받을 수 없을
거라는 믿음. 더불어 남들의 시선에 노출되었다는 생각
에 초라해지는 마음. 나를 알게 되면 아무도 나를 좋아
하지 않을 거야, 그러니 숨겨야 하고 가면을 써야 해.

내가 드러나는 것이 고통스러운 감각, 그것이 어딜
가든 나를 따라다니고 있다.

차례

**1장
완벽에의 환상**

**2장
집에 두고 온 나**

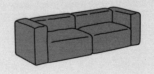

마트료시카의 가장 깊숙한 곳

　　새로 얻은 작업실의 확정일자를 안 받았다는 사실을 집주인의 문자로 깨달은 날이었다. 이사 후에 보통 전입과 확정일자를 한꺼번에 처리하는 경우가 많고, 내가 세운 계획 역시 그랬기에 하나만 처리한 건 실수였다. 한 달쯤 전의 그날을 떠올렸다. 전입 서류를 제출한 나는 임대차계약서를 가방 안에 넣어둔 채 주민센터 창구에 앉아 있다. 확정일자는 까맣게 잊었다. 멍하니 앉아 있던 그때의 내 모습을 어쩐지 집주인에게 들킨 기분이었다.

　　창피함이나 민망함이라고 하기에는 뭔지 모르게 선을 넘어서는 강렬한 감정이 올라오고 있었다. 아무래도 화였다. 남에게 허술한 모습을 보였다는 사실 때문이었으리라. 자신을 향한 감정이겠지만, 부정적인 감정은 대상을 가리지 않고 순식간에 퍼져나갔다. 소식을 전해 준 집주인에게 왠지 모르게 화가 났고 전입신고를 처리하는 동안 확정일자도 받지 않겠냐고 물어봐 주는 오지 랖을 부리지 않은 주민센터의 이름 모를 직원에게까지 중구난방으로 화가 뻗쳤다.

물론 터무니없는 생각이라는 자각이야 곧바로 왔지만 감정은 계속해서 나를 가두고 있었다. 두 가지 미션을 동시에 처리했어야 깔끔하고 효율적인데 그 완벽한 상이 깨어졌다는 느낌에 사로잡혔다. 확정일자는 집이 경매로 넘어가는 등의 상황에서 세입자로서의 권리를 지키는 데 도움을 주지만 한 달쯤 늦게 받는다고 해서 당장에 치명적인 결과를 가져오지는 않는다. 그런데도 이미 깨어진 구슬을 보면서, 그리고 구슬을 깨버린 내 두 손과 깨진 구슬에 반사된 나의 모습을 보면서, 나는 이상할 정도로 화를 내는 자신에게 묻는다.

'왜 이렇게까지 화가 나는 거야?'

책 《여성의 수치심》에서는 분노를 수치심의 '감정적 대체물'이라고 표현한다. 은근슬쩍 자신을 다른 모양으로 둔갑시켜 알아채기 어렵게 만드는 게 수치심의 고약한 성질이다. 의식적으로 껍질을 벗겨 보아야만 겨우 알아채기 마련이라, 수치심을 다루기 위한 여러 단계 중 '인식'이라는 첫 단추부터 끼우기 어렵게 만든다. 수치심 때문에 갖게 되는 감정들은 상황에 따라 상대에 따라 다종 다양하게 나타나서, 내 경우에는 얼어버리거나 먼지처럼 작아지기도 하고, 우울의 늪에 빠지기도, 괜스레 상대를 미워하기도, 끝없는 자책이 따라붙기도 한다. 때에 따라 교묘하게 옷을 바꿔 입는 수치심은 부정적인 감정들의 핵심에 단단히 똬리를 틀고 웅크리고 있다가 조금이라도 건드려지면 불쑥 나타나 온몸의 혈관을 타고 재빠르게 흘러 나를 지배하고 마비시킨 뒤 알아챌 틈도 없이 다시 저 깊고 어두운 자신의 방으로 돌아가 틀어박힌다.

어딘가 맞지 않는 사람이라는 인식은 어느 날 문득 솟아오르거나 매일 오후 해질녘이 되면 불현듯 떠오르는 감각이 아니다. 스스로 몸을 드러내는 종류가 아니라 닫힌 문 뒤의 조종 칸에서 생각과 감정에 관여하는 쪽이고, 마치 하나의 목각 인형 안에 크기가 차례로 작아지는 인형이 끝없이 들어 있는 러시아 전통 인형 마트료시카와 같다.

예를 들어, 모임을 앞두고 심란한 마음을 들여다보자. '모임이 취소되었으면 좋겠어'라고 적힌 커다란 마트료시카를 앞에 둔 상황. 마트료시카를 열어본다는 건 마음을 열어본다는 뜻이다. 그 안에는 한 사이즈 작은 인형이 들어 있어 '그 모임은 어딘가 불편해'라는 마음이 적혀 있다. 뭐가 불편한지, 왜 그런지, 계속 파고들다 보면 마지막으로 가장 작은 마트료시카, 더는 열리지 않는 핵심 마트료시카가 어둡고 깊숙한 곳에서 '나는 그들과 어울리지 못해. 나는 어디에도 어울리지 않는 사람이야'라고 쓰여 있는 채 발견되는 일이 바로 수치심을 가진 사람의 내면이다.

겉마음과는 영 딴판인 것이다. 모임이 꺼려지는 이유는 사람들이 싫은 게 아니다. 오히려 그들에게 받아들여지고 싶다. 하지만 일상의 더께에 파묻혀 둔감해진 상태로는 마트료시카를 열어볼 생각을 못 한 채 그저 모임이 취소되기만을 바랄 뿐이다. 실은 받아들여지고 싶은 욕구가 거절당할지도 모른다는 두려움을 만들어내고, 자신을 방어하고자 꺼려지는 마음이라는 옷을 입으니, 그들을 멀리하는 나는 그들과 영영 친해질 수도, 받아들여질 수도 없는 아이러니. 비극의 시작이 수치심이라는 사실을 알지 못하면 괜한 자신의 게으름이나 무기력, 부족한 사교성이나 친화력, 혹은 나쁜 경우에는 상대를 탓하면서 나는 점점 고립된다.

집주인의 메시지를 받았을 때만 봐도 그렇다. 얼토당토않더라도 화가 난 마음을 제대로 다루지 않으면 나는 집주인과 좋은 관계를 만들어기기 어려울 것이다. 집주인과 꼭 좋은 관계를 맺어야 한다는 게 아니라 보편적인 인간관계로 확장해보면 나 자신의 수치심이 상대를 밀어내는 꼴임을 보여주는 사례인 것이다.

집주인에게 허술한 사람이라는 인상을 주고 싶지 않았다. 신뢰가 가는, 믿음직스러운, 일을 믿고 맡길 수 있는 인상을 주는 사람이고 싶었고, 상대가 나에게 일을 맡기는 입장이 아니라는 점은 상관없었다. 그게 누구든 타인 앞에서 덜렁대는 사람이 된 것이 스스로 몹시 못마땅했다. 나는 집주인의 눈에 비칠 내 모습을 머릿속에서 반복 재생했다. 타인의 눈에 비친 나는 내가 아는 나보다 언제나 몇 배쯤 더 창피하고 초라하다. 상상 속의 나는 똑똑한 척, 야무진 척, 확실한 척을 하지만 뒤돌아서면 무언가를 흘리고 잊고 빠트린다. 그런 모습을 내

보인 자신에게 참을 수 없이 화가 난다.

시간을 되돌려 모든 걸 바로잡고 싶다. 한 번도 깨진 적 없는 구슬로 만들고 싶다. 이미 금이 가버린 구슬은 최초의 완벽한 상태로 결코 돌려놓을 수 없다고 믿기에 갑절로 절망하면서 깨진 자아의 조각을 붙잡고 절망을 품은 분노를 쏟아낸다. 화를 내면 순간적으로 통제력을 갖는 것처럼 느껴진다. 수치심보다 훨씬 힘 있고 안전한 감정으로 느껴진다. 하지만 화를 내는 사람도 화를 받는 사람도 오로지 방 안에 홀로 앉은 자신이고, 이 분노는 나를 정말 안전한 곳으로는 데려가지 못한다.

*

수치심이 나를 데려가는 곳이 있다면 그곳은 자괴와 평가와 고립의 땅이다.

들킬까 봐 늘상 불안한 곳, 그곳에는 잘하는 걸로 자신을 증명해내려 하는 사람이 있다. 못난 사람이 되는 걸 견디지 못하며 우월감과 열등감을 둘 다 갖는 사람이 산다. 어디서나 누구에게나 받아들여지는 것으로 수치심을 해결하려 하기 때문에 남들에게 나를 납득시켜야 한다는 강박에 휩싸인 사람이 가면을 쓰고 수동적으로 굴며 거절에 민감하게 반응한다. 평가 기준이 외부에 있기 때문에 스스로 삶의 발자취를 주관적으로 해석하여 인생 스토리를 만들어내는 데 어려움을 겪는다. 자신의 모순을 받아들이기 어려워하고 정체성이 통합되지 않는다. 감정이나 욕구를 인식하고 표현하는 데 익숙지 않아 다른 사람들과 관계 맺기가 편안하지 않으며 소속감을 느끼기 어렵다. 세상과 맺는 관계에서 겁먹어 있다. 이 모든 게 나만의 문제이며 그러므로 혼자 견뎌야 한다고 생각한다.

이것이 바로 수치심이 자아에 미치는 영향이다. 수치심이 나를 어떻게 괴롭히는지에 관한 내용이다. 내가 맺는 관계, 내가 하려는 성취, 내가 갖는 신념에 있어서 수치심은 마트료시카의 가장 깊숙한 곳에 숨어 신경을 갉아먹고 존재를 위축시킨다.

초등학교 4학년 무렵, 방과 후에 모여 장기자랑을 연습하기로 한 첫날이었다. 가요에 맞춰 춤을 추기로 했는데 예닐곱 명이 모이자마자 이 정도 안무는 바로 따라할 수 있다는 듯이 대형을 맞추어 서서 준비 자세를 취하는 통에 나는 당황해버렸다. 안무를 모르는 상태로 어정쩡하게 주변을 따라 추기는 싫었기 때문에 대형 안에 들어갈 수는 없었다. 그렇지만 춤을 모른다는 말도 입에서 나오지 않았다. 대신에 친구 집에 있는 피아노 위에 걸터앉으며 말했다. 오는 길에 다리를 집질렸으니 일단 너네가 하는 걸 보겠다고. 남들이 알아챌지도 모른다는 생각에 가슴이 두근댔지만 발목을 주무르는 척하며 친구들의 춤을 유심히 관찰했다. 나는 지금도 영턱스 클럽의 〈정〉이란 노래의 안무를 기억한다.

모른다는 말, 못한다는 말이 그만큼 어려웠다. 모르는 게 부끄러웠지만 이 기억이 내게 수치심으로 남아버린 건 모른다는 사실 때문은 아니었다. 그보다 모르는 걸 아는 척할 때, 모르는 걸 필사적으로 숨길 때, 수치심은 바로 그럴 때 생겨난다. 그렇기 때문에 발목을 주무르는 나를 향해 아무도 모르게 수치심을 품었다. 이런 어린 시절의 기억을 떠올리면 나라는 사람의 핵심에 원래부터 수치심이 들어 있었다고 결론을 내려버려도 될 것만 같다. 하지만 그건 간편하지만 뭉툭하다. 다만 말할 수 있는 건 완벽한 모습을 보여야 한다는 강박과 함께 부족함을 드러내면 내쳐질 거라는 회피적인 믿음이 나를 수치심과 가깝도록 만들었을 거라는 점이다.

《혐오와 수치심》을 쓴 미국의 철학자 마사 누스바움에 따르면, 수치심은 인간의 삶 속에 잠복해 있는 원초적인 감정이다. 욕구가 완전하게 충족되던 유아기를 지나 점차 모든 걸 통제할 수 없다는 걸 알게 되고 한계를 깨닫게 되면서 겪는 고통이다. 자신의 불완전함에 대한 깊은 불안이다. 하지만 인간적인 감정이라고 해서 모두가 같은 정도로 수치심을 갖는 것은 아니고, 누군가는 더 많은 수치심을 갖도록 사회에 의해 만들어진다고 누스바움은 말한다.

사회 속에서 누가 자신을 부끄러워하게 될까? 우리로 하여금 어떤 상태를 부끄럽게 여기도록 만들까? 완벽하고 정상적인 사람은 어떤 사람일까? 이 기준에 따라 우리는 누군가를 배제하고 혐오하게 된다. 하지만 이 기준 안에서 인간의 불완전함은 고려되지 않는다. 누구도 규범을 완전히 만족시킬 수 없기 때문에 우리는 얼마간 수치심을 가질 수밖에 없다. 그렇기에 수치심을 탐구하는 데 있어 평가의 기준과 잣대를 만들어내는 사회의 가치체계를 들여다볼 필요가 있다.

친구네 피아노 위에 앉아 주의 깊게 춤을 관찰하던 나와 집주인의 문자를 받고 완벽한 구슬이 깨어졌다는 느낌에 화를 내는 나 사이에는 시간과 사건이 있고, 그 것들을 받아들이는 내가 있으며, 무엇보다 내가 속한 환경이 있다.

내가 속한 가정과 사회는 감정과 욕구를 억누른 채 성취를 향해 달려야 하고 쓸모를 증명해내야 했다. 이 에 발맞춰 나는 자신을 통제하고 조절하려 노력했고 자 신을 성취의 도구로 여기는 감각을 길러냈다. 여기에서 짚고 넘어갈 것은 나는 성취 영역을 잘 해냈기 때문에 한국 사회에서 요구되고 선망받는 것을 손에 쥐고도 수 치심을 말한다는 게 모순처럼 느껴진다는 점이다. 하지 만 이 또한 중요한 지점이라고 생각한다. 그럼에도 불구 하고 혹은 그랬기 때문에 어떤 음식물이 들어가도 곧장 소화시킨 후 바로 다음 음식을 갈망하는 성취라는 위장 이 점점 그 크기를 불려나갔다. 늘어나는 위장에 맞춰 끝없이 음식물을 공급하려는 집착이 생겨났던 것이다. 그것이 수치심과 맞닿은 지점을 밝히는 것은 지금의 나 자신뿐만 아니라 우리를 둘러싼 사회를 이해하는 데 중 요하다고 믿는다. 특정한 무언가에 존재 가치를 내맡겨 버린 사람은 그것 없이는 혼자 제대로 설 수 없게 된다.

나아가 세밀하게 살펴봐야 하는 건 성취를 향한 집

착이 어떤 공기 속에서 어떻게 왜곡되었는지에 관한 지점이다. 거기에는 여성으로서 마주하는 삶의 조건이 있고 갈망이 만들어내는 두려움과 성취를 향한 엇갈린 시선 속에서의 혼란과 갈등이 있다. 잘해 내는 것이 중요하지만 동시에 능력이 비호감이 되는 여성으로서의 사회화를 겪으며 겸손하고 수줍고 양보하고 관계지향적이고 감정을 중시하는 여성성에 대한 학습이 비유적으로도 물리적으로도 내가 차지하는 자리를 작아지게 만들고 내 몸이 작아져야 한다는 감각을 만들어냈다. 쉽게 '고집 있는 여자'가 되고 그에 따라 스스로를 깎아야 하는 압력을 받았을 때, 나를 실제로 깎아내지 않더라도 압력은 유효하게 존재한다.

이들은 '왜'와 '어떻게'에 관한 답이 될 수 있을 것이다. 수치심은 나의 존재 가치를 삼켜버린 것들이 만들어낸 자기비하와 불확신의 자양분을 먹고 자라났다. 성취를 향한 길 위에서 비대해진 자아와 사회적 압박의 컬래버레이션, 그리고 젠더화된 수치심이 자기애와 자기의심 사이에서 겪은 혼란들을 설명해주기를 기대해본다.

그리하여 이 글의 1장에서는 수치심의 개인적인 기원을 탐구하였고, 2장에서는 수치심이 나를 어떻게 괴롭히는지, 나에게 미치는 영향과 드러나는 증상을 분석하였다. 3장과 4장에서는 수치심을 증폭시킨 사회적인 요인들, 즉 성취와 여성 그리고 성취하는 여성에 관한 이야기를 풀어보았다. 마지막 5장에서는 수치심의 해소 혹은 수치심을 다루어가며 공존하는 방향을 바라보고자 했다.

*

집주인의 문자를 받은 날은 수치심을 느낀 바로 그 날이 아니다. 수치심에 있어서 나에게 '그날'은 없다. 여러 날이 있을 뿐이다. 어쩌면 매일이 그날인지도 모른다. 나와 한 몸과도 같은 수치심은 어딜 가든 함께 있고 내가 하는 말과 행동에 옅거나 진하게 영향을 끼친다. 요리에 첨가된 레몬즙처럼 향과 맛을 내지만 형체는 보이지 않는다. 시작된 날도 알 수 없고 가장 크게 느껴진 날도 기억나지 않는다. 과거의 감정이 수치심이었는지를 이제 와서야 돌아볼 뿐이다. 수치심은 그저 우리를 어디 한 부분이 조금 썩어 있는 상태로 살아가게 만들 뿐이다. 모습을 드러내지 않은 채 우리가 시큼한 냄새를 풍기도록 만들 뿐이다.

수치심이 찾아내기 어려울 만큼 자아에 들러붙어 있는 건 자의식과 밀접하게 연관된 탓인지도 모르겠다. 내가 잘나야 하고 완벽해야 하고 완전하다는 전제가 없다면 부족함을 이리 고통스럽게 뼈에 새길 일도 없다. 자의식이 나를 나로 만든 무언가로서 톡톡히 기능해 왔겠지만 과도한 자의식은 수치심의 토대 또한 되어버린다. 타인의 눈에 비친 나를 의식하는 마음, 세상에 내가 어떻게 비칠지 끝없이 두리번거리는 마음이 비교와 평가를 만들어낸다. 그러므로 존재에 대한 수치심을 간직한다는 건 다소 오만하고 위태로운 일이다.

그렇지만 이것을 알고 나면 수치심을 회복하거나 해결할 실마리를 얻을 수 있게 된다. 나는 (모든 곳에서) 특별하다는 마음을 내려놓고 나는 (나에게) 특별하지만 (세상에) 특별하지 않고 그래도 괜찮다는 마음으로 넘어갈 수 있다면, 나의 결핍과 단점과 부정적인 감정을 들여다보고 느끼면서 완벽하지 않아도 괜찮을 뿐만 아니라 애초에 완벽은 불가능함을 인정할 수 있다면, 나를 외부의 시선과 기준으로 평가하는 한 내가 어떤 모습이든 내게 자유가 없다는 사실을 깊이 실감할 수 있다면,

조금 놓여날 수 있지 않을까. 부족함이 부적절함으로 가는 연결고리를 끊고, 완벽하지 않아도 충분할 수는 있다고 조금쯤 믿어볼 수 있지 않을까.

수치심이라는 것은 자아와 세상이 만나는 경계가 서로 부딪치면서 생겨난다. 외부에서 보는 대로 나를 보게 되는 일이고 타인의 시선을 비수로 만드는 자기애의 작용이다. 그렇기에 수치심에 대해 생각하는 건 나에 대해 생각하는 일이고 타인과 사회에 대해 생각하는 일이고 나와 세상의 상호작용과 마찰에 대해 생각하는 일이다. 나를 이해하고 내가 선 땅을 해석하는 게 수치심을 읽어내는 일이다.

남을 무시해야 내 자리를 만들 수 있는 혐오와 경쟁의 시대에 우리는 누구나 크고 작은 수치심을 안고 살아간다. 하지만 아니 에르노가 《부끄러움》에 쓴 것처럼 "부끄러움에서 가장 끔찍한 것이 있다면, 그것은 오로지 나만 부끄러움을 느낀다고 믿는 것"이기 때문에 우리는 우리의 부끄러운 부분을 쉽게 나누지 못한다.

취약성을 드러내는 게 약점이 되는 세상에서 내게 없는 척 꽁꽁 숨기려 애쓰는 취약성이 곪고 곪아 시큼한 냄새를 풍기는 수치심으로 발효된다는 건 어쩌면 자연스러운 일이다. 취약성을 들키면 나쁜 일이 생길 것만 같은 느낌은 내가 가진 취약성이 곧 수치심이 되게 만든다. 수치심은 취약성에서 오지만 모든 취약성이 수치심이 되는 건 아니다.

"수치심, 그게 뭐야?" 질문을 받으면 말문이 막힌다. 이 글을 다 쓰고 나면 유창하게 대답할 수 있을까? 하나 분명한 건 내가 말하려는 게 일시적으로 생겨났다 사라지는 수치심, 상황에 따른 수치심, 혹은 인간이라면 가져야 할 만한 건전한―자기를 돌아보고 반성하게 만드는 생산적인―수치심은 아니라는 점이다. 지금 다루고자 하는 건 거기에서 한 발짝 들어간 존재에 관한 지속되는 수치심, 과도한 수치심, 내면화된 수치심이다. 내면에 하도 끈적하게 달라붙어서 거의 성격처럼 고정되어버린 수치심이 나의 존재를 서서히 갉아먹어온 이야기이다. 본질적으로 자기확신과 의심에 대한 이야기이며 시선과 자아가 충돌할 때 생기는 불안과 강박에 관한 이야기이다.

1장
•
완벽에의 환상

감정과 욕구를 마비시키기

　　나는 순한 아기였다고 한다. 나보다 1년 3개월 먼저 태어난 오빠를 안아 든 채 어르고 달래며 진이 빠진 엄마가 겨우 한쪽 발로 요람을 흔들기만 해도 나는 스르르 잠에 들었다고 엄마는 회상했다. 확실히 내 인생에 비행을 저지른다거나 기행을 일삼는 일 따위는 없었다. 세상의 정해진 법칙을 답답해하는 반골 기질은 성인이 되고도 한참 뒤인 나중에야 밝혀졌고 그마저도 소란은 없었다.

　　손이 많이 가는 아이와 손이 안 가는 아이의 구분은 상대평가적인 면이 있고 가장 가까이에서 서로 비교 대상이 되는 나와 오빠는 각자 하나씩 카테고리를 맡

앉다. 우리가 속한 다른 여러 카테고리처럼 그 또한 서로 겹치기도 하고 경계가 흐릿해질 때도 있었지만 성장하면서 점차 각자가 맡은 영역이 크고 뚜렷해지며 접점이 사라져 갔다. 말썽을 부리는 자식과 지켜보는 자식, 문을 쾅 닫고 나가버리는 자식과 집에 남아 있는 자식으로.

오빠가 닫고 나간 문 안쪽, 무겁고 침통한 집에서 벽 하나를 사이에 두고 부모의 침묵을 들으면서 다짐했다. 나는 절대 저러지 말아야지. 자식이 속 썩이면 부모가 얼마나 괴롭고 속상한지 보고 있잖아. 내가 잘해야지. 막연하게 뭔지 모를 무언가를 내가 보상해야 한다고 생각했다. 이제 와 돌아보면 오빠의 선택이 그때만큼 이해되지 않는 것은 아니다. 부모의 양육 안에 든 통제와 통제 뒤에 숨은 불안들도 짐작해보게 되었다. 그러니까 부모에게 무조건 순응하는 게 아니라 때로 반항도 하고 나를 피력하며 제 갈 길을 찾는 건 내가 경계했던 것보다 훨씬 자연스러운 발달 단계이거나 심리적 독립의 요건일 수 있고, 부모를 실망시키지 말아야겠다는 다짐으로 속을 꾹꾹 눌러내다가 곪는 것보다 어쩌면 자신에게도 훗날 부모와의 관계에도 더 나은 방식일지 모른다고 지금은 생각한다. 다만 그것이 집에 남은 자식으로서의 나에게 미친 영향에 관해 말하려고 한다.

나의 욕구를 미뤄둔 채 부모의 기대에 걸맞아야 한다는 스스로의 다짐은 어쩌면 부모의 상심을 지켜보지 않았더라도 가지게 되었을 수 있다. 실제로 한국 사회의 많은 여자들이 착한 딸 콤플렉스에 시달리고 있고 가정과 사회의 다양한 기대들, 즉 여러 방면의 성취에 대한 기대, 여성성 수행에 대한 기대, 딸이라는 이미지에 부합하기를 바라는 기대, 그리하여 자랑스럽고 도움되고 애쓰는 딸이 됨으로써 존재 가치를 입증하려는 심리적 압박에 묶여 있는 것이 사실이다. 그것이 나의 경우에 어떻게 시작되었고 어떻게 작용하였는지를 보려는 것이다. 부모를 기쁘게 해줘야지, 집안에 분란을 만들지 말아야지, 하고 다짐하게 된 구체적인 계기 중의 하나를 떠올리는 중이다.

다시 말해 순한 기질의 나라는 사람이 부모의 슬픔 뒤에서 부모의 기대대로 조형되기를 선택하게 된 계기, 욕구와 감정을 잠시 미뤄두다가 어느덧 나도 모르는 새 나를 잃어가게 된 계기를 말하려는 것이고, 기질적인 성향을 미루어 보았을 때 원래도 가졌을 법한 착한 딸

콤플렉스, 나아가 완벽한 여자 콤플렉스를 증폭시킨 계기로 연결되었을 가능성을 살펴보려는 것이다. 이것이 확장되면 사회에서 자신이 자리하는 위치와 요구되는 모습을 민감하게 알아차리게 된 계기까지도 이어질 것이다.

*

우리 집은 욕구나 감정이 중요하게 다뤄지는 곳이 아니었다. 책임과 역할이 엔진이었고, 합리와 효율이 핸들이었으며, 성실과 최선이 연료였다. 우리 차는 유익한 방향으로 서로를 위하면서 열심히 나아갔고 그 과정에서 필연적으로 생겨나는 매연의 자리에 감정과 욕구를 밀어넣었다.

집 안에는 미묘하게 수면 아래 감정들이 떠다니지만 그것을 드러내고 다루지 않아 감정 인식과 표현에 서툴고 어색했다. 부모가 나의 성취를 지원하기 위해 자신들의 욕구와 감정을 밀어놓은 것처럼 나 또한 그렇게 해야 한다고 암묵적으로 여겨졌다. 감정이나 욕구는 쓸모없거나 부차적인 것이라서 그것을 내보이는 것은 미

성숙하고 부끄러운 일처럼 느껴졌고, 한시라도 빨리 처리해서 탈탈 털고 일어나 일정한 무(無)의 상태로 돌아와야 하는 것, 그게 아닌 다른 중요한 가치를 위해 전력을 쏟아야 하는 것이 나의 임무 같았다.

감정에 무던한 것과 감정이 마비된 것은 겉으로 드러나기에 그리 다르지 않아, 상황이 괜찮을 때는 대체로 원만하고 담담하게 지냈다. 무던과 마비, 어느 쪽이 먼저인지는 몰라도 분명 우리 집은 날카롭거나 까다롭지 않았고 신경이 곤두선 채로 일상을 보내는 일은 없었다.

수능을 몇 달 앞두고 모의고사를 본 날이었다. 하교하는 길에 집 앞 횡단보도 근처에서 한참을 앉아 있었다. 녹색불이 몇 번이나 바뀌도록 건너지 않았다. 시험을 망친 건 아니었다. 평소대로 보았고 평소대로 감정의 일렁임도 없었다. 슬프지도 우울하지도 불안하지도 않았지만 단지 조금 멍했다. 아는 얼굴이 몇 지나가는 것이 신경 쓰일 뿐이었다. 벤치에 기대 앉아 꽤 오랫동안 하늘을 올려다보고 있었다. 여름 교복을 입고 있었고 하늘이 무척 파랗고 쾌청했던 기억이 난다. 그냥 시간을 흘려보냈다. 집 밖의 공기가 필요한 날이었다. 당시에는 지쳤다는 걸 인지하지도 못했지만 아마도 집에 들어서기 전에 숨을 고르는 시간이 필요했던 것 같다. 고요하고 말끔하게 마음의 찌꺼기들을 거르고 내보낸 뒤, 다시 무감한 상태로 공부에 집중할 수 있도록 만드는 나만의 자정작용이었을 것이다. 자리를 털고 일어났을 때 나는 텅 비었고 그제야 집으로 들어갔다.

　감정은 이성보다 다루기가 훨씬 까다롭다. 감정을 포착하고 알고 소화하고 표현하는 데에는 우리의 무의식적인 믿음과 달리 이성의 영역, 즉 합리성과 인지 능력과 조절 및 통제 능력이 두루 필요하다. 하지만 감정에 집중하는 일은 문화적으로 중요도가 낮고 열등한 것으로 여겨지며 사회적으로 장려되는 일이 아니다. 때로는 욕처럼 쓰이기도("저 여자는 너무 감정적이야." "감정적인 사람이라 믿음이 안 가.") 한다. 그렇기에 우리는 감정을 다루는 노력까지 가기가 어렵고 영영 서툰 상태로 남아 있기도 하다. 정서지능을 잘 발달시킬 만한 환경과 기질을 갖지 않은 상태에서 내게 감정이란 평온한 일상을 해치는 불길한 신호처럼 여겨졌고 필사적으로 막아야 하는 성질로 인식될 정도였다.

　오빠가 문을 닫고 나가면 남은 셋은 어떻게 감정을

표현하고 나누는지 알지 못했고 그저 잔뜩 굳은 표정이나 심각한 분위기로 앉아 있을 뿐이었다. 나는 부모의 감정을 직접적으로 듣기보다는 추측할 수밖에 없었고 그것이 얼마나 정확한지는 지금도 알 수 없으나 그러한 태도가 강력한 무언가가 되어 뇌리에 굳게 박힌 것만은 확실했다. 내가 밖에서 가져오는 사소하거나 사소하지 않은 감정들은 집에서 잘 소화되지 않았다. 별일 아닌 일로 치부되거나, 혹은 예의 그 침통한 표정으로 돌아가버리거나, 나도 알고는 있지만 마음처럼 되지 않는 해결책이 나오는 식이었다.

　하루는 좋아하는 가수의 팬 사인회에 가고 싶었다. 거기에 가려면 그날 하루의 빈 일정과 소정의 비용이 필요했다. 하지만 나의 욕구는 허락되지 않았다. 그런 곳에 가는 건 쓸데없는 일이며 가수들은 너를 그저 돈으로만 볼 뿐이기 때문이라는 게 부모의 설명이었다. 그래도 가수를 보기 위해 길게 늘어선 줄에 앉아 기다리던 기억 같은 게 남아 있는 걸 보면 사인회장에 갔거나 다른 날에는 허락되었을 수도 있다. 하지만 기억 속에 더 선명하게 남아 있는 건 결국 사인회에 갔는지 여부보다 그 순간 나의 욕구가 어떤 대우를 받았는지, 나의 욕구가 얼마나 타당성을 잃었는지 같은 것이다.

　뭐든 하고픈 대로 했어야 한다는 뜻이 아니다. '그런 마음이 들 수 있다'고 상대의 감정과 욕구를 받아들여 주지 않는 것은 '너의 감정과 욕구란 건 우리가 함께 시간을 들여 느끼고 다룰 만한 가치가 없거나 틀렸다'는 메시지를 보내는 일이다. 욕구와 감정과 갈등은 수면 위로 꺼내지 않는다고 해서 사라지지 않는다. 좋거나 긍정적이라고 여겨지는 것만 선택적으로 표현할 수 있는 가정은 그 외의 것들을 인식하고 인정하고 다루지 못하게 막음으로써 있는 그대로의 자신에 대한 수치심을 만들어내기 마련이다. 그건 세상의 태도와도 일맥상통하는 면이 있다. 부정적이거나 정돈되지 않은 감정과 틀에 맞지 않는 욕구는 수용하지 않는다. 감정과 욕구는 취약성이라는 카테고리에 한데 묶여 있는 성질들이고 취약해진다는 건 곧 약해졌다거나 남에게 공격할 빌미를 주는 것과 다름없게 여겨진다.

　그리하여 나에게 부정적인 감정이란 숨기거나 빨리 없애야 하는 것을 넘어서서 차라리 느끼지 않는 편이 나은 것이 되어갔다. 가능한 한 평정심을 유지하려 노력했고 감정이나 욕구가 나를 방해하지 않기를 바랐다.

그런 거추장스러운 것이 나를 피해 가기를 간절히 원한 나머지 감정을 느끼는 중추를 스스로 마비시키기 시작했다. 감정을 통제하고 조절하는 능력을 키우는 것은 성취를 위해 알맞은 방향이었다. 하지만 감정이란 찬물과 뜨거운 물을 따로 열고 잠글 수 있는 게 아니라, 하나의 수도꼭지에서 나오는 한 줄기의 물과 같아서 부정적인 감정을 삼그면 긍정적인 감정도 함께 잠겨버린다. 도를 넘어서 신나는 것도 평정심에는 좋을 것 없으니 어떤 면에서는 그 또한 필요한 일이었다. 무감해지려는 노력은 점차 강화되었고 나는 그 분야에서 성공적이었다.

다른 방식을 시도해볼 만한 감정적 유연성을 지니지 못한 상태로 내가 가진 대응방식은 하나였다. 참고 억누르고 아예 처음부터 존재하지도 않았던 것처럼 흔적을 지우고 깨끗한 허공으로 만드는 것. 긴장되는 일을 앞두거나 충격을 받을 만한 일을 겪어도 수문을 외는 것처럼 중얼거렸다. "아무렇지도 않아. 그게 뭐? 인생 살다 보면 이럴 수도 있고 저럴 수도 있지." 하지만 막상 무대에 오르면 목소리를 떨고 실수를 하고 경직되는 걸 막을 수 없었다. 남겨놓은 감정, 해결하지 않은 감정, 느껴야 할 때 느끼지 않은 감정은 언제고 값을 치르러 온다.

　무덤덤한 사람답게 "그럴 수 있지"를 입에 달고 살았으나 정작 나 자신에게는 그렇게 말해줄 생각조차 하지 못했다. 그렇구나, 그럴 수 있지, 네 마음이 그랬구나, 하는 말들. 타당화되지 않는 감정과 욕구는 부끄러워진다. 나는 오랫동안 사심을 갖는 것을 경계해왔으며, 감정에 휘둘리는 것을 경멸하고, 목표와 관련 없는 것을 원해도 된다고 생각하지 않았다. 어느 순간 나는 감정과 욕구 다루기를 포기해버렸던 것 같다.

　어느 순간에는 이유도 없이 펑펑 울고 싶어지지만 아무리 노력해봐도 눈물을 짜낼 수 없었다. 작정하고 슬픈 영화를 보고 슬픈 노래를 들어도 감정의 수도꼭지가 꽉 막혀버린 것처럼 울지 못하게 되었고, 감정이나 욕구를 느낀다는 자체가 어색해져 갔다. 내가 느끼는 게 무엇이든 그에 대한 불신이 깊어지고 있었다.

　감정을 확신하지 못하는 건 자기확신의 부족으로 확장된다. 내가 욕구를 가져도 되는지, 감정을 느껴도 되는지, 그것을 표현해도 되는지 확신하지 못한다는 건 내가 존재해도 되는지 확신하지 못하는 것이나 다름없다. 지금 갖는 욕구와 감정이 적절한가? 내가 무언가를 느끼는 건 옳은 일인가? 내가 무언가를 느끼고 있기는 한가? 감정과 욕구의 혼란 속에서 진행된 내 존재에 대한 타당한 믿음의 상실, 그것이 수치심으로 연결되었고, 나 자신에 관하여 아무것도 모르겠는 기분이 오래도록 지속되고 있다.

나를 믿어주지 않는 사람

　학생회관 식당에서는 일부러 맛을 느끼지 않았다. 삼천 원짜리 토마토스파게티, 삼천오백 원짜리 김치볶음밥, 사천 원짜리 새싹비빔밥, 사천오백 원짜리 함박스테이크는 잘 먹을 만한 것도 못 먹을 만한 것도 아니었다. 먹으면 먹지만 찾아 먹을 것까지는 없는, 딱 그 가격만큼, 어떨 땐 가격만큼도 안 되는 퀄리티의 음식들. 몇 개의 메뉴 안에서 고심해 골라 먹고 마지막으로 정수기에서 컵에 물을 받아 마시고 나면 이상할 정도로 배가 빵빵하지만 얼마 지나지 않아 금방 꺼지고 말아, 아까 것이 헛배부름이었음을 알게 되는 경험의 반복. 그렇더라도 시간과 돈, 에너지를 아끼는 측면에서 따져

보면 나쁘지 않은 선택지라 나는 식사 시간마다 건조한 발걸음을 옮겨 학생회관에 갔다.

효율성의 세계에는 실패가 들어설 자리가 없다. 만약 결과가 실패로 끝나면 실패에 다다르기까지 했던 모든 노력은 물거품이 되고 괜한 에너지를 허비한 것이 되어버린다. 노력하는 과정에서 끝이 실패일 것을 누가 알겠냐마는 실패를 예견하지 못한 것조차 잘못이 된다. 그 시간과 에너지를 차라리 다른 데 투자했더라면 하는 후회가 그렇듯이. 그러니 후회를 줄이기 위해서라도 미리 자원은 최소로 투자한다. 길을 돌아가거나 느긋하게 움직이거나 조금 더 나은 음식을 먹기 위해 이동에 시간을 쓰고 도서관에 돌아오면 나른해져서 조느라 또 시간을 버리는 선택은 퇴출된다. 결과를 완전히 통제할 수 없다면 과정에서라도 비효율이라는 실패를 걸어내야 한다.

성취에 대한 강박은 나 자신에게 실패할 기회를 주지 않는다. 그건 실패하지 않는다는 뜻이 아니다. 실패를 인정하거나 수용해주지 않는다는 뜻이다. 나를 실패할 수 있는 사람으로 여기지 않아서 실패를 소화시키려는 시도를 하지 않고, 그리하여 실패에서 회복될 기회를 주지 않는다는 뜻이다. 실패를 딛고 실패에서 배우고 경험치가 쌓이는 일을 스스로에게서 박탈한다는 뜻이다. 실패가 쌓이지 않는다는 건 삶에서 배울 수 없다는 걸 의미한다. 매번 원점에서 다시 시작한다는 뜻이다.

실패를 피하는 또 하나의 방법은 실패할 일을 만들지 않는 것이다. 실망하지 않기 위해 기대하지 않는다. 그래서 만족스럽지도 불만스럽지도 않았다. 다만 맛에 둔감해지려고 무의식적인 노력을 기울였을 뿐이다. 효율적인 선택 앞에서 나는 감각을 버렸고 취향을 잃었다. 맛을 느껴버리는 순간 불행해질까 봐 차라리 감각을 마비시키는 쪽을 택했다. 불행을 알아버리면 감당하지 못할까 봐 최선을 다해 모르고자 했다. 그렇다면 그건 내가 나를 지킨 것이었을까?

*

고등학교 졸업 앨범에 서로 돌아가며 메시지를 남기는 풍습에 따랐을 때 앨범 뒷장에 적힌 문장을 보고 놀라고 말았다. "일 년 동안 즐거웠어. 넌 정말 착한 친구야. 기분 나쁘게 해도 티 안 내고 잘 대해줘서 고마워." 친구의 말대로라면 나는 관대한 사람이거나 꼬아서 한 말을 꼬아서 받아들이지 않는 직선적인 사람이었을 수도 있다. 하지만 내가 아량이 넓어서 그의 잘못을 넘어가 준 게 아니었다. 그가 날 기분 나쁘게 한 기억이 전혀 없다는 게 기막힌 지점이었다. 스스로 감정을 마비시키다 못해 나에게 해가 되는 외부의 공격도 알아차리지 못하고 바보같이 멀뚱히 보고만 있었구나, 이렇게까지 느끼지 못한다니, 이건 착한 게 아니라 맹한 거잖아!

하지만 한편으로는 내가 희미하게 알고 있었을지도 모른다고 생각했다. 눈앞의 상대가 나에게 무례하게 굴고 있다는 사실을. 그 사실을 인정하지 않으려 적극적으로 모르고자 했는지도 모른다고. 회피는 내가 가진 유일한 방어 전략이었다. 졸업 앨범의 코멘트처럼 때로는 좋은 인상을 남기기도 하는 전략이었기 때문에 갈등을 피해버리는 모습을 방어가 아니라 관대함이라고, 그리 나쁠 것 없는 성향이라고 스스로 착각해버릴 때도 있었다.

나는 나를 보호하고자 했다. 세상의 위협으로부터 나를 보호하고 실패로부터 나를 감싸려 했다. 아무런 상처도 나지 않게 해주고 싶었다. 내가 두려워하는 것을 모조리 알아내어 피하게 해주고 싶었다. 부정적인 감정을 느끼지 않으려 애썼고 나의 안과 밖에서 일어나는 갈등을 직면하기를 회피했다. 건강한 공격성을 키울 기회를 놓치게 된 건 자연스러운 수순이다. 공격은 없이 무조건 방어, 방어, 방어.

회피의 커다란 범주 안에서 내가 찾은 또 다른 방법은 건강하지는 않아도 효과적이었는데, 바로 수동성이었다. 누구에게나 둥글게 굴고 하자는 대로 하는 것. 그리하여 누구의 심기도 거스르지 않는 것. 그러다 못 견디면? 내가 떠나면 그만. 쥐도 새도 모르게 사라지면 그만. 최선을 다해 누구와도 부딪치지 않으려 했다. 그건 정말 나를 지킨 것이었을까?

내가 원하는 대로 했다가 혹시라도 일이 잘못된다면 마땅히 겪을 마음의 불편을 피하기 위해 하자는 대로 하는 것이 편안했다. 친구가 보고 싶은 영화를 보러 가고 일행이 먹고 싶다는 메뉴를 골랐다. 보고 싶은 영화는 나 혼자 보면 되지, 지금이 아니라도 기회는 많아. 갈등을 일으키거나 버림받느니 나를 접는 게 낫다. 그렇게 타인에게 맞춰가다 보니 스스로 좋은 것도 없어져 갔다. 정말로 다 괜찮아. 아무 상관없어. 아무 마음의 변

별이 없어. 처음에는 보고 싶은 영화를 양보했지만 나중에는 보고 싶은 영화가 떠오르지 않았다. 점점 원하는 게 없는 인간이 되어갔다. 원한다는 게 어떤 감각인지도 낯설어져 갔다. 아무것도 열렬히 원하지 않는 상태가 익숙해져 갔다.

주위를 두리번거리는 미어캣처럼 바깥을 관찰하다가 바깥의 시선으로 자신을 관찰한다. 관찰하는 동시에 관찰당하면서 내 안에서 조금씩 무언가가 깎여 나간다. 나의 진실한 욕구와 감각과 취향을 관찰하는 대신 욕구의 합당함과 감각의 유용함과 취향의 멋짐 여부를 관찰하기 때문이다. 무엇을 좋아하고 싫어하는지, 무엇을 느끼고 생각하는지, 나에 대한 데이터를 쌓아나갈 기회를 잃는다. 나라는 사람에 대한 통합성을 상실한다. 내가 나인 것이 어색하고 내가 나인 것이 부끄럽다. 아마도 그래서 자의적 해석을 극도로 경계한다. 영화를 보고 제멋대로 해석하고 제멋대로 의미를 찾고 제멋대로 감상하는 즐거운 행위를 하지 못한다. 주관적인 관점을 믿지 못하고 주관적인 해석을 드러내기를 꺼리고 객관적인 사실에 매달린다. 누구에게도 비난받지 않고 누구라도 납득시킬 수 있도록. 속으로는 나 자신에게 흠뻑 빠져 있으면서도 그게 부끄러워 필사적으로 주관성을 숨기려 한다. 도덕성을 수치심의 해답이라고 여겨온 이유일지도 모른다. 하지만 티끌 하나 없이 깨끗하고 도덕적인 사람이 되기를 바라는 동안 내가 끝없이 버렸던 건 나 자신이었다. 그것은 어려움을 감당할 수 있다는 스스로에 대한 믿음, 거절과 갈등과 실망에서 다시 일어설 수 있다는 믿음, 그것을 자신에게 허락하지 않은 대가였다.

(정답이) 되고 싶은 나는 실패한다

　파트너와 함께 할 취미 생활을 찾아다니는데 얼마 전에는 그가 내가 좋아하는 노래를 배우러 가자고 권했다. 나는 노래를 잘 부르는 데는 영 재능이 없지만 노래를 즐기며 부르는 데는 소질이 있다. 집에서는 내 노랫소리에 내 귀가 아플 정도로 열창하곤 하는데 그 행위를 타인, 모르는 사람, 노래 강사 앞에서 할 생각을 하니 도무지 엄두가 나지 않았다. 그런 점잖지 않은 모습을 남에게 보일 수 없어. 민망함에 고개를 세차게 저으며 생각했다. 나는 되어야 하는 모습 혹은 보여도 되는 모습을 확고하게 정해놓고 거기에 맞추어 나 자신을 연출하고 편집하고 있구나. 나는 왜 내가 생각하는 사람이 되어야만 할까. 왜 늘 잘하고 쓸모 있고 멀쩡하고 흠 없는 사람이어야 할까. 왜 어떤 갈등도 어떤 민망함도 감당할 수 없는 것처럼 느낄까.

점수가 매겨지는 건 학교 성적만이 아니다. 현대사회의 인간에게 점수가 매겨지는 영역은 끝이 없다. 지위 점수, 매력 점수, 인성 점수, 평판 점수, 성격 점수, 외모 점수, 창의력 점수, 도전정신 점수, 취향 점수, 관계 점수, 사교성 점수… 방구석 모서리에 틈이 보이지 않을 정도로 촘촘히 쳐진 거미줄처럼 이곳은 빠져나갈 수 없는 평가 지옥이다. 우리는 점수로 자신을 증명해내야만 한다.

시험관이 점수판을 들고 다니며 매서운 눈초리로 나를 평가하기 때문에 나는 친구와 대화를 나누면서도 여기서 어떤 표정을 짓고 무슨 말을 해야 탈락하지 않을지, 시험지 앞에서 정답을 확신하지 못하고 덜덜 떨리는 손으로 마킹하는 심정이 되어 조마조마하게 내 반응을 제출한다. 결과는 단기적으로는 그 자리의 분위기, 장기적으로는 내 평판과 상대의 나에 대한 호감으로 도출된다.

내가 이 시험을 그만두지 않는 이상, 시험지를 찢어

버리고 시험장에서 뛰쳐나오지 않는 이상, 나는 스스로 영원히 몇 점짜리 인간에서 벗어나지 못할 것이다. 하지만 퀴즈가 나오면 맞히고 싶고, 맞히기 전까지 초조하고, 정답을 맞히고 나면 너무 기쁘고 뿌듯해서 활짝 웃게 되는 건 인간의 본성일까, 문화적으로 발달된 감정일까, 그저 나만의 특성일까?

종종 가까운 사람들과 이 사회가 나를 '나이기를 원하는 모습'으로 바라본다고 느낀다. 내가 생각하는 나와 남에게 보여지는 나, 누군가가 바라는 나의 모습과 내가 바라는 나의 모습이 엉망으로 뒤섞여 흙탕물처럼 흐려진 것이 정체성 같다고 생각한다. 이 흙탕물의 농도를 나대로 균형 있게 조절하고 싶지만 정체성을 지배하는 것은 나의 바람과 달리 내가 아니다. 답을 맞히는 게 중요한 사회에서 나는 자체로 완벽한 정답이 되길 강박적으로 바라고 또 바라게 된다.

*

글 쓰는 온라인 수업을 들었다. 수강생의 글을 읽고 피드백을 나누는 시간이 배정되어 있었고 그날은 누군가가 시를 제출했다. 나는 늘 시를 알고 싶지만 잘 모른다고 생각해왔다. 그런데 그날의 시에서 무언가를 어렴풋이 느꼈고 내 나름대로 의미를 해석해보기도 했다. 그렇지만 감상을 발표하기에는 주저됐다. 영 틀린 소리면 어떡해. 나는 틀린 소리를 하는 것에 대한 강박적 두려움을 가지고 있다.

미숙한 모습을 들켰을 때의 초라함을 잘 안다. 자아상이 무너진 수치심, 실제로 무너졌다기보다 마음속 깊이 묻어둔 부족하고 상처 나고 이리저리 엉망으로 구겨진 자아상이 수면 위로 올라온 수치심을 내가 보게 되는 일. 바로 그 수업에서 그걸 경험한 적이 있었기 때문에 더욱 조심스러웠다. 내가 건넨 피드백이 글쓴이의 마음을 상하게 한 게 얼마 전 수업에서의 일이었다. 처음에는 내가 실수를 했는지도 몰랐다. 다른 사람들이 그를 위로하는 말 속에서 내가 범인임을 알게 되자마자 온몸이 굳어버리는 것 같았다.

사람들의 시선이 내게 와 꽂히는 듯했다. 누군가의 마음을 상하게 만든 것 이상으로 부끄러운 건 시선이었다. 나는 광장에 내던져진 표적이 된 기분이었다. 가슴이 꽉 막히고 시간을 되돌려 처음부터 내가 했어야 할 말을 재생했다. 몸 둘 바 모르겠는 그 기분들은 상대를 위해서가 아니라 나를 위한 것이었다. 나를 들켜버렸다는 생각에서 나오는 감정들이었다. 못난 트러블메이커가 되어버리다니. 그때 누가 내 가슴을 열었다면 수치심으로 새빨개진 심장을 볼 수 있었을 것이다. 하지만 나는 얼굴색을 붉히지 않을 정도로는 능했다. 감정을 남에게 속이고 나에게 속이는 데 능했다. 괜찮아, 아무렇지 않아야 해, 흔들리는 모습을 보이는 건 더 더 더 수치스러운 일이야.

　나는 완벽한 사람이어야 한다. 다른 사람에게 상처를 주거나 주제에 맞지 않거나 틀리게 해석하는 말을 내뱉는 건 내가 할 만한 일이 아니다. 모두가 나를 좋아하지는 않아도 최소한 나를 미숙한 사람, 경솔한 사람, 생각이 짧은 사람으로 여기지는 않아야 한다. 사랑은 못 받아도 존경은 받아야 한다. 가장 뛰어나기까지는 못해도 적어도 가장 못나지는 않아야 한다. 나는 완벽하지 않은 자신을 견디지 못하고 완벽하지 않은 모습에 수치심을 느끼고 그걸 들킨 사람들 앞에서 완전히 위축되어버린다.

　그러나 실수를 하지 않는 사람이라는 건 얼마나 비

현실적인 기대인가. 나를 완벽하다 여기는 건 얼마나 말도 안 되는 기대인가. 자신을 억압하고 옭아맨다는 걸 알면서도 나는 비현실적인 기대 수준을 조정하지 못한 채다. 아무에게도 미움받지 않으려는 노력은 나라는 사람을 얼마나 무색무취의 인간으로 만드는지. 현명하고 따뜻하고 자애롭고 성숙한 미소를 띠고 있기 위해 나는 나의 어떤 부분을 죽이고 있을지.

망설이는 사이 글쓴이의 설명과 강사의 해석이 시작되었다. 나는 가만히 있는 안전한 선택을 했다. 그런데 이게 뭔가. 내가 분석했던 내용이 둘의 입에서 고스란히 나오고 있었다. 아니, 오히려 내 쪽이 더 정돈되고 논리 정연하고 깊이 있는 통찰일 수 있다. 그런 생각이 들자 나는 화면 속에 앉아 가슴이 터질 것만 같았다. 수업이 끝나고 침대에 몸을 던지며 울부짖었다. "내 똑똑함을 드러낼 수 있었는데!"

우습게 들릴지도 모르지만 이것은 내게 중요한 문제다. 수치심이 든 내면에는 커다란 구멍이 뚫려 있다. 이 결핍을 타인의 승인으로 메워야 하지만 그것은 필연적으로 실패한다. 부족함이 들통날까 봐 전전긍긍하는 사람은 틀릴지도 모른다는 불안에 잔뜩 움츠러들어 자신을 드러내지 못한다. 내면의 불완전감이 타인의 인정에 목매달게 만들지만 바로 그 불완전감 때문에 자신을 드러내지 못하고, 드러내지 못하니 인정도 받을 수 없는 모순의 고리 안에서 끝내 나를 채워줄 것을 충분히 얻지 못한다.

메워지지 않는 인정 욕구는 이상한 방향으로 튀기도 한다. 누군가 내 앞에서 모르는 이를 칭찬하며 윤리적이라는 평가를 내렸을 때였다. 순간적으로 억울한 감정이 솟구쳤다. 나의 윤리성은 드러나지 않고 있다고 생각하는 것이다. 나를 알아주지 않는 것에 화가 난다. 이것은 수치심이 불러일으키는 왜곡된 자기애다. 크고 훌륭한 자아상이 있고 그것이 타인에게 인정받기를 원한다. 자아상은 몹시 거대하나 쉽게 흔들리고 취약하기 때문에 타인의 인정으로만 바로 세울 수 있다. 그래서 인정이 주어지지 않으면 화가 나고 원망스럽고 억울하다. 분노와 억울함을 밖으로 표출하지 않을 정도로는 정신이 있지만 그건 모르는 일이다. 나도 모르는 새 몸통 어디선가 새고 있을지도 모른다. 눈이 밝은 누군가에게는 훤히 드러나 보일지도 모르는 일이다.

나는 내 안에서 일어나는 일을 바로잡고 싶다. 나를

스스로 가득 채우고 싶다. 동시에 내가 사라져버렸으면 하고 바란다.

　나는 착하고
　똑똑하고
　우월한 사람으로 보이고 싶다.

　반대로 하면
　이기적이고 무성의하고
　멍청하고 진부하고
　뒤처지는 사람으로 보이는 것을 견딜 수 없다.

　내게는 되고 싶은 모습이 있고 되어야만 하는 모습이 있다. '되고 싶다'로 시작했을지 모르지만 그것은 어느새 '되어야 한다'로 바뀌어 그렇다면 '반대 모습으로는 되고 싶지 않다'를 뛰어넘어 '절대로 되어서는 안 된다'가 의식에 각인된다. 결코 되어서는 안 되는 모습이 무엇인지 정확하게 리스트를 갖게 된다.
　나는 자꾸만 나 아닌 무언가가 되려 한다. 자주 자기 자신이 되는 것에 집착하나 그럴 때 상정하는 자신조차 지금의 내가 아닌 어딘가 먼 이상향에 존재하는, 지금으로서는 어떤 사람인지도 모르겠는 그런 사람이다. 지금과 다른 모습이 되어야만 한다고 믿는다.

자기애와 수치심의 상관관계

과장해서 말해보자면, 수치심이란 불안을 잠재우기 위해 선행되는 방어다. 세상에 나가 깨지기 전에 나를 스스로 깨트려 놓음으로써 불확실한 상처에 대비해 확실한 상처를 미리 내놓으려는 의도다.

세상에 나가 깎이기를 너무나 두려워한 나머지 잔뜩 준비를 한다는 게 이렇게 되어버렸는지도 모른다. 사실 내가 두려워하는 것만큼 가혹한 존재는 외부 세상에 없다. 나를 나만큼 깎아내리는 존재는 외부가 아니라 내면에 존재한다. 단초야 외부 세계가 제공하겠지만 막상 단초를 끌어안고 치명적인 상처로 키워나가는 장본인은 바로 나 자신이다. 세상에서 받은 상처를 잊지 않고,

상처 위에 약을 바르지 않고, 그리하여 <u>스스로 회복할</u>
<u>기회를 갖지 않는다</u>. 상처 입은 눈으로 바깥을 경계하며
내 안의 상처를 들여다보고 또 들여다본다. 상처는 자
꾸 벌어지고 깊어진다. 상처가 나를 헤집어놓는 것을 어
쩌지 못하고 상처가 자체로 나 자신이 되어버리는 것을
저항하지 못한 채 받아들인다.

　　자아가 입은 상처에 이렇게까지 민감한 것은 아무
래도 수상하다. 내가 입은 상처마저 소중하게 여기는 듯
이 보이는 모습은 자기애적 속성 때문이다. 자기애의 뜻
은 자신에 대한 사랑이지만 속을 들여다보면 그리 간단
하지만은 않다.

*

　　실은 받아들이지 못하고 있다. 자아에 난 상처를 인
정하지 않고 있다. 상처가 내 것임을 도저히 받아들이지
못해 가만히 얼어 있다. 상처는 진열장에 일단 넣어진
채 해석이 되지도 소화가 되지도 못하여 보존되는 중
이다.

　　말로 뱉으면 무슨 말도 안 되는 소리냐고 나조차도

코웃음을 치지만 그럼에도 없애버리지 못하는 왜곡된 상이 있어서 그렇다. 나는 상처 입어서는 안 된다는 자아상, 바로 이것이 내가 상처를 다루지 못하고 마치 소중히 여기기까지 하는 것처럼 보이는 이유다. 상처 입어서는 안 되는 사람에게 상처가 났다. 나의 사고체계에서는 해석해 낼 수 없는 일이 벌어졌다. 맙소사, 이걸 어떡해야 해?

상처를 입을 수도 있어, 거절당할 수도 있어, 못난 모습을 보일 수도 있어, 미움받을 수도 있어. 그래도 괜찮아. 그래도 여전히 나는 괜찮은 사람이야.

얼핏 봐도 이런 종류의 생각이 나에 대한 사랑 같다. 친절하고 신뢰를 가진 태도. 그러나 자기애가 이와 정반대의 작용을 하는 건 대체 무슨 조화일까.

나는 완벽해(야만 해). 나는 우월해(야만 해). 나는 잘해(야만 해).

건강하지 않은 자기애란 이런 것이다. 나를 사랑한다기보다는 나에게 도취된 것이라 지신을 향해 얼토당토않는 환상을 품는 게 바로 나르시시즘이다. 나에게 취했다면 그저 황홀하게 눈을 감고 자신에게 집중하는 도취라면 차라리 나을 텐데 나의 것은 음습한 도취에 가깝다. 심리학에서는 전자를 외현적 자기애, 후자를 내현적 자기애로 구분하기도 한다. 자신의 능력과 권위를 과장되게 인식하는 점은 같으나, 그것을 밖으로 꺼내어 과시하고 특권의식을 갖고 거만하게 구는 것이 외현적 자기애라면 그것을 속으로만 간직한 채 수동적이고 방어적으로 구는 게 내현적 자기애라고 할 수 있다. 전자는 과시함으로써, 후자는 숨김으로써 자신의 거대한 자아상을 보호하려 한다. 그러니까 내현적 자기애는 겉으로 표현되지 못하는 자아도취이고 타인의 인정으로만 겨우 유지되는 자아도취인 셈이다.

　　수치심에는 '자기애의 감춰진 동반자'라는 별명이 붙어 있다. 심리학 연구자들은 수치심으로부터 자아를 보호하기 위한 기제가 바로 자기애라고 설명한다. 자신이 특별한 존재가 아니고 무력하다는 느낌을 보상하기 위해 과장된 자기애를 발달시킨다는 것이다. 특히 자신을 억제하는 내현적 자기애가 수치심과 관련이 더 크다고 알려져 있다. 자기애와 수치심의 합작은 내가 괜찮은 사람인 것 정도로는 만족하지 못하도록 만든다. 그걸로는 허기가 채워지지 않는다. 누구에게도 꿀리지 않을 만큼 대단한 위치에 있어야 한다고 믿는다. 이 거대하고 허약한 자아상은 대체 어디에서 왔을까? 특별한 사람이라는 믿음과 아무것도 아닌 존재라는 믿음은 얼마나 가까우며 어떻게 연결되어 있을까?

극심한 그러나 드러나지 않는 자기애는 나에 대한 타인의 평가에 극도로 신경을 곤두세우게 만든다. 무시하거나 적대적인 시선에 민감하고 그것을 뻥튀기해 자아의 상처로 삼는다. 그러나 이 시나리오의 진정한 비극은 설사 타인의 인정이 주어지더라도 충분하지 않다는 점이다. 애초에 이상적인 나를 설정해놓은 것이 허상이자 불안이라서 마음 깊이 뻥 뚫린 곳은 진정으로 채워지지 않는다. 그저 집착적으로 타인의 반응을 살피고 조그마한 단서에 상처 입는 패턴을 반복한다. 실은 몹시 유아적인 태도이다. 세상을 자기중심적으로 바라보고 내게 난 작은 상처에 안달복달하는 것은.

내가 생각하는 나는 대단하고 완벽한 사람이어야 하는데 언제나 현실은 아니라는 증거를 내민다. 그게 자연스러운 인간의 삶이지만 나르시시스드는 형언할 수 없는 충격을 받는다. 그 순간 나르시시스트의 자아가 무너진다. 나는 돌이킬 수 없는 실패작이 되고 만다. 나를 죽인 칼을 잊을 수 있을까? 온갖 자잘하고 사소한 상처

가 자기애자의 진열장에 박제되는 이유. 박제된 상처들
에서는 수치심의 냄새가 난다.

나서지 마, 드러나지 마

몰랐는데 사진이 있었다.

어느 주말에 서랍을 정리하다가 두서없이 모아놓은 사진 뭉치를 발견했다. 시간 순서가 뒤죽박죽인 사진들을 무심히 넘기다 나는 문득 손짓을 멈추었다. 십 대 청소년들의 모습이 제각기 조금씩 잘린 채로 담겨 있는 사진 한 장, 그것이 오래된 기억을 불러일으켰다.

얼굴이 제대로 나온 사람은 없다. 나도 한쪽에서 고개를 숙이고 바다에 엎드리다시피 쭈그려 앉아 있기 때문에 안경을 썼다는 정도는 알아볼 수 있지만 표정이나 눈빛을 읽을 수 없다. 하지만 나는 사진 속에서 내 모습을 하고 있는 사람의 감정을 알았다. 가만히 들여다볼수록 당시의 감정이 생생해져 방 안에 앉아 있는 내게 해일처럼 덮쳐 오는 것만 같았다.

사진 담당이 여기저기 돌아다니며 찍었을 평범한 조모임 모습이다. 중학교 졸업을 앞둔 수련회였고 출석번호에 따라 즉석으로 조가 만들어졌다. 둥그렇게 둘러앉은 여학생 셋과 남학생 셋이 보인다. 그중에 빨간 후드 집업을 입고 양반다리로 앉은 몸을 한껏 수그린 내가 있다. 머리카락을 늘어뜨린 채 한 손에는 펜을 쥐고 한 손은 무릎을 받침 삼아 턱을 괴고 있는 열여섯의 나. 과제에 골똘히 집중하는 중이거나 적어도 그렇게 보이고 싶어 하는 중이다. 그런 자세로는 시야에 바닥과 종이만 들어올 것이다. 앞에 앉은 누구도 보려 하지 않는다. 아마도 그 말을 들은 직후였거나 그게 아니라도 그말이 나에게 지대한 영향을 미치고 있는 채라는 걸 서른여섯의 내가 한눈에 알아볼 수 있었다.

한 남자애가 다른 남자애를 가볍게 툭 치며 시시껄렁하게 내뱉은 말이었다.

"그냥 빠져. 쟤가 똑똑하니까 알아서 하겠지."

둘이서 눈을 맞추고 비릿하게 웃었던가. 그러고는 앉은 몸을 뒤로 젖혀 과제에 관여하지 않을 것임을 노골적으로 표현했다. 사진 속에 얼핏 보이는 그의 눈빛은 어둡고 탁하면서도 번들거리고 있다. 작은 점과도 같은 눈빛이지만 나는 알아본다. 나에게 눈길조차 두지 않은 채 뱉어진 말이지만 말 속의 '쟤'가 나라는 건 그 자리의 누구나 알 수 있었다.

　서랍 속의 사진을 보기 전까지 구체적인 상황과 등장인물을 잊고 있었다. 그러나 그 말을 잊은 적은 없었다. 일상의 표면에 떠올라 있지는 않으나 핵심 기억 저장소에 각인되어 나를 세상에 드러내고자 하는 결정적인 순간마다 급히 옷소매를 잡아끌던 말. 아는 척하지 마. 나서지 마. 뭐가 됐든 잘하지 마. 드러나지 마. 까딱하면 조롱받을 거야.

　남자애는 마르고 더벅머리를 하고 사춘기답게 여드름도 좀 나 있다. 이름은 기억나지 않는다. 평소에 거의 대화를 나눠본 적도 없다. 틀어질 만한 사이조차 아니라는 뜻이다. 우리는 서로 잘 알지 못했지만 그 말에 담겨 있는 적의를 분명히 느낄 수 있었다. 그 애에 따르면 나는 똑똑해야 했고 똑똑하니까 단체 과제를 혼자 알아서 해야 했고 똑똑하니까 알아서 정답도 맞혀야 했다. 나는 전교 1등을 도맡아 하는 정도는 아니었지만 대체로 성적이 좋은 편이었다.

하지만 "쟤가 똑똑하니까"란 차라리 '네가 잘난 줄 알지? 어디 한번 해 봐'처럼 들렸다. 그건 결코 나를 존중한다거나 믿는다는 표현이 아니었다. 얼마나 잘하나 보자, 둘러앉아 있는 남자애들의 생각이 들리는 것만 같았다. 펜을 잡은 손을 떨지 않으려, 어색해하는 모습을 들키지 않으려, 틀린 내용을 적지 않으려 애를 썼다. 옆 친구와 태연하게 대화를 나누려 노력했다. 노력했다는 것은 내가 그 말에 지배당했다는 뜻이다. 관자놀이 쪽이 얼어붙는 것 같았고 자연스러운 표정을 짓기 힘들었다. 내가 짓고 있을 표정이 부끄러워졌다.

왜 하필 새빨간 옷을 입었을까 열여섯의 나는 후회하는 중이었다. 너무 빨갛잖아, 너무 튀잖아, 너무 촌스럽잖아. 빨간 옷이 원망스러웠다. 그렇지만 하필이란 부사는 틀렸다. 그건 내가 좋아하는 옷이었다. 그러니까 수련회 의상으로 선택된 게 당연한데도 갑작스럽게 부정하게 된 것뿐이다. 할 수만 있다면 그 옷을 당장 벗어버리고 강당 안의 누구에게 뭐라도 빌려 입는 편이 나을 것 같았다.

또래 사이에서 받아들여지는 것은 사춘기 무렵의

내게 큰 화두였고 받아들여지기 위해서는 사회의 규칙을 따라야 했다. 나는 나를 여자로 인식했고 여자로서 받아들여지는 방식을 알고자 했고 자연스럽게 여성으로서의 사회화를 왕성하게 겪고 있었다.

그래서 뭣도 모르는 초등학생 때처럼 수업 시간에 손을 번쩍 들고 발표를 하거나 교실에서 크게 소리를 치고 쉬는 시간에 책상 위를 뛰어다니거나 하는, 소위 여자가 하면 나댄다는 말이 따라붙는 행동을 삼가는 생활 중이었다. 그런데도 이런 말을 듣는다면 나라는 인간은 나대지 않아도 재수 없는 건가? 똑똑함이라는 말로 나를 걸고 넘어진다는 건 무슨 뜻일까? 공부 잘하는 여자애는 재수 없는 게 세상의 법칙이고 그래 보이지 않기 위해서 특별히 더 조심해야 하는 걸까? 혹시 문제라는 게 단지 나라는 존재 자체일 수도 있나?

꼭 그 남자애들에게 받아들여지고 싶던 것은 아니지만 나도 모르는 새 타인에게 배제되고 있을지도 모른다는 생각에 심장이 딜컹했다. 세상이 보는 내 모습의 한 조각이 나에게 전달되는 과정이 수치스러웠기 때문에 외부를 탓하지 못하고 자신에게로 화살을 겨누었다. 속으로라도 '뭐야, 왜 저래?'라고 중얼거리지 못했다는 뜻이다. 대신 그들의 손가락이 가리키는 방향을 따라 나에게 문제가 있는지를 검열했다. 자아상에 되돌릴 수 없는 금이 간 순간이었다.

*

열여섯 당시보다는 좀 더 노련하게 내 앞의 일들에 대응해나가기는 하지만 모종의 태도는 여전히 내 안에 남아서 내가 나답게 되는 걸 방해하는 것 같다. 누군가가 나를 '똑똑해서 잘난 척한다'거나 '가르치려 든다'고 여기는 것을 무척 경계한다. 그래서 무언가를 알려주기를 저어하고 잘못된 것이 있더라도 중대한 일이 아니라면 바로잡지 않고 넘어가고는 한다. 부드럽고 상냥한 말투를 쓰는 건 내게 있어 그리 어렵거나 큰 노력이 드는 일이 아니라서 오해받지 않기 위해 가장 손쉽게 택하게 되는 길이다. 물론 타인에게 친절하게 대하는 건 사회성과 사교성의 일부이고 사회적 관계 안에서 어느 정도의 꾸밈은 필요하지만 종종 갑갑함을 느끼는 순간에 깨닫게 된다. 자연스럽게 건조한, 원래의 목소리와 말투 그대로 내는 듯한 사람을 보며 너무 부럽다면, 내가 나를 꾸미는 정도를 조절해야 한다는 것을.

"쟤가 똑똑하니까"는 캔버스 위에서 물감이 딱딱하게 굳어버린 유화와 같은 이미지가 되어 나의 수치심의 문 앞에 걸려 있는 그림이다. 수치심을 들여다보고자 하면 반드시 만나게 되는 말이다. 그림 속의 나는 영문도 모른 채 내게 직접 건넨 말이 아니라서 제대로 대답도 해보지 못한 채 조롱받고 있다.

자신에게 친절한 태도는 아쉽게도 없었다. 괜찮아. 무례한 말은 신경 쓰지 마. 똑똑하다는 건 좋은 거야. 너는 충분히 똑똑하고 원하는 만큼 더 똑똑해져도 돼. 그런 네 모습 그대로도 세상에 받아들여질 수 있어. 너의 자격과 가치와 존엄을 의심하지 마. 스스로 말해줄 수 있었다면 좋았을 것이다.

하지만 내가 수치심의 문을 진하게 칠해버린 건 단지 수련회 강당 바닥에 앉아 있던 한 순간 때문만은 아니다. 그날의 사진을 보고서야 구체적인 정황을 떠올리게 된 것은 그것이 분명 중요한 장면일 테지만 유일한 날은 아니기 때문이다. 그날의 배경과 상황은 지워지고 그 말로 인해 생겨난 수치심만 발라내져 무의식에 저장되었다가 그 위에 두고두고 겹겹이 수치심이 덧발라져 왔다. 그 말은 깊은 두려움을 건드렸고 강화했다. 까딱하면 내쳐진다는 공포, 나를 드러내면 받아들여지지 않을 거라는 두려움, 의견을 내세우기보다는 조용히 앉아 옅은 웃음을 띠고 있어야 집단에 묻어갈 수 있다는 믿음. 이것들은 앞뒤로 오랜 시간에 걸쳐서 만들어져 왔다.

다른 사람들에게 받아들여지지 않는 순간은 크고 작게 우리 삶에서 자주 일어나고 때마다 이유는 다양할 것이며 어디서 기인하는지 또한 저마다 다를 것이다. 나에게는 그날이, 가장 어리둥절하고 연결되지 않는 문장이지만('똑똑하다는 이유로 내쳐진다고?') 한편으로는 은은하게 받아왔던 시선과 경고들이 연결되는 순간이었기 때문에 마지막 퍼즐이 맞춰지는 것처럼 강렬하게 인식되었을 것이다. 배제되지 않기 위해 최선을 다해야 하는 영역을 정했을 것이다.

그날은 기억이 미치는 가장 오래된, 타인이 나를 부정적으로 평가할지도 모른다는 것에 마음을 졸이고 긴장하기 시작한 순간이다. 그리고 이유로 나붙(었다고 믿)은 것이 공교롭게도 혹은 필연적으로 여성성과 맞닿아 있었기 때문에 여성적 사회화를 가속시켰고 그중에서도 여성을 작게 하고 입 다물게 만들고 나대지 않도록 위축시키는 사회화의 결정적인 사례가 되었다. 똑똑하거나 목소리가 크거나 자기 생각이 확실하거나 원하는 게 있는 여자아이들, 때로는 이 중 어느 것에 해당하지 않는다 해도 경계해야 한다는 의미로 소녀들에게 행해지는 광범위한 교육과 학습과 강화 중의 하나였을 것이다.

착함은 여성이었다. 여성이 사회에서 받아들여지려면 착해야 한다. 그렇게 믿었기 때문에 착해지려고 애썼다. 공부를 잘해도 착하면 된다. 아니, 공부를 잘할수록 착해야만 한다. 여성으로서의 사회화가 진행되면서 내 세계의 규칙이 바뀌고 있었다. 또래 사이에서 받아들여지기 위해 그전까지 필요했던 덕목이 친화력, 주도력 같은 것이었다면 어느덧 착함, 튀지 않음, 나대지 않음, 물러서고 양보하고 배려하는 것으로 바뀌었다. 중학생이 되면서 입기 시작한 치마 교복은 사회화의 상징이 되었다. 치마 교복을 입은 나는 여학생으로서 녹아들어야 했다. 착하고 배려하고 겸손한 사람. 그렇지 않으면 무리에서 떨어져 나갈지도 모르는 존재. 나는 짜인 각본을 충실히 따르는 타입이었다.

한국 여자로 사회화된다는 것, 그것은 마치 저주와도 같았다. 저주 속에서 자아는 발달해나갔고, 또래와 가정과 사회의 압박과 메시지들 그리고 나 자신의 개인적인 성향들이 뒤범벅되어 존재에 대한 수치심을 착실하게 쌓아 나갔다.

2장

•

집에 두고 온 나

남김없이 설명되어야 한다는 불안

뒤에서 짜증스러운 자동차 경적 소리가 울린다. 빠앙- 살짝 길게 끄는 찰나의 순간에 감정이 담긴다. 앞의 '빠'가 조심하라거나 신호가 바뀌었다거나 지금은 차선 변경할 때가 아니라고 경고하는 메시지라면 뒤의 '앙'은 감정이다. 짜증, 분노, 신경질, 답답함이 뒤섞인 빠앙에서 그 미세한 감정의 결에 따라 미묘하게 앙의 크기와 지속 시간이 달라진다. 운전자의 손바닥을 통해 그의 현재 감정 상태가 전해지고 성격까지 짐작케 된다.

나는 순간적으로 몸을 바짝 긴장시켜 경계 태세를 취한다. 그러고는 오른쪽의 사이드미러를 불안하게 응시한다. "우리야?" 운전석에 앉은 파트너를 향해 짜증의 화살이 우리 차를 겨냥하는지를 묻는다.

"글쎄, 아닐 거예요."

그는 대수롭지 않게 답한다. 나처럼 주의 깊게 주위를 살피지도 않는다. 그저 흘끗, 곁눈질을 한 번 하고는 그야말로 제 갈 길을 간다. 경적의 대상이 우리여도 상관없다는 듯이. 정확히는 우리가 아니라 본인인데도, 도로에서 어느 정도의 무례는 어쩔 수 없다는 듯이. 사고가 안 났고 상대가 용인해야 하는 점이 있으며 이 정도 짜증에는 별로 신경 쓸 필요 없다는 듯이 유유히 운전하는 그를 보며 나는 생각한다.

주변에서 들리는 경적 소리들이 다 나를 겨냥하는 것처럼 느끼는 건 왜일까? 왜 조수석에 앉은 내가 운전자보다도 과민하게 주위 상황에 반응할까? 혹시라도 뭘 잘못했을까 봐, 그래서 누군가가 화가 났을까 봐, 짜증 섞인 감정 표출로 이어지는 걸까 봐, 나는 경적 소리가 울리기도 전에 자꾸만 사이드미러를 확인한다. 확인해도 알기 어려운 뒤차와 옆 차의 감정을 알아내려 자꾸 몸을 앞뒤로 움직이며 기웃거린다.

무언가를 잘못하고 있는 건 아닌지 꾸준히 은은하게 불안하다. 만약 문제가 발생하더라도 진짜 장본인이 내가 아닌 상황에서조차, 그러니까 내가 운전하지 않는 차를 타고서도 민폐를 끼치고 비난받을까 봐 마음을 놓지 못한다.

불안은 나를 쫓기게 만들어 느긋함이나 여유, 유연함을 앗아간다. 이를테면 차를 빼달라는 전화를 받고 뛰어가는 두 사람이 있다. 기다리고 있을 사람을 생각하며 넉넉한 배려의 마음을 써서 달려가는 사람과 늦으면 비난받을까 봐 초조해하며 차를 잘못 세워두지는 않았는지 너무 오래 세워둔 건 아닌지 스스로 잘못을 추궁하며 달려가는 사람의 발걸음은 무게가 다르다.

평소의 나는 불안보다는 우울을 더 자주 경험하고 우울이 더 친숙하고 익숙한 감정인데도 이 영역에 있어서만은 부정할 수 없이 불안에 지배당한다. 우울이라는 거대하고 무겁고 꽉 짓누르는 감정 아래에서 선명하게 펄떡대는 불안을 느낀다. 나도 모르는 새 구멍으로 부족함이라는 게 줄줄 새고 있을지 모른다는 불안. 나는 부족해서 나의 부족함을 알아차리기에는 부족하다는 불안.

누군가가 불쑥 다가와 내게 묻는 상상을 한다.

"왜 그러고 있니?"

즉각 사회적인 얼굴을 만들어내야 한다. 적절하게 표정을 짓고 제스처를 장착한다. 너무 공백이 뜨지 않는 선에서 생각을 정리해서 조리 있게 말한다. 그리고 대답은 누가 들어도 납득이 가능해야 한다. "그냥요" 안 된다. "하고 싶어서요" 안 된다. "재미있어서요" 역시 안 된다. "내일까지 해야 하는 학교 숙제가 있는데 그게 식물 관찰기를 쓰는 거라서 돋보기를 찾는 중이에요." 그렇다. 정답은 이런 것이다. '그냥' '문득' '생각나서' 돋보기를 찾고 있으면 안 된다. 항상 타당한 이유가 자석처럼 몸에 붙어 있어야만 한다고 여겨왔다. 설명 가능한 나만 남겨놓고 나머지는 깎아낸다. 그렇지 않으면? 창피를 당할 거야. "돋보기를 갑자기 왜 찾는데?" 상대가 반박해 오면 나는 아무 말도 못 하고 얼어버릴 거야. 왠지 모르게 어린 시절을 지배하던 불안한 상상이다.

그리하여 나에게는 평정심의 강박 못지않게 일관성에 대한 강박이 있다. 한 뼘 높은 곳에서 머리 위를 떠다니며 이딜 가든 누굴 만나든 심판자의 눈으로 나를 내려다보고 있는 존재가 있어, 내가 친구들과 흥에 취해 들떠 있을 때 나를 물끄러미 바라보며 속삭인다. 너 아까 교수님이랑 같이 있을 때 네 모습 기억 안 나? 완전히 다른 사람 같지 않니? 민망하다, 교수님이 지금 널 보면 어떻게 생각할 것 같아? 오버하지 말고 자중해. 때에 따라 모습을 바꾸는 거, 한없이 가볍고 믿을 수 없는 사람처럼 보이잖아. 너는 중심이라는 게 없니?

언제나 한결같아야 해. 여기서 하지 않는 농담은 저기서도 하지 마. 진정한 나 자신이라는 게 있다면 나는 어디서든 나여야 해.

말하자면 진정한 자아의 일관성을 지키기 위해 나는 마주 앉은 사람과 상호작용을 하지 않는 것이다. 진정한 자아라는 게 그렇게 기이하게 기를 쓰고 지켜야만 지켜지는 건 아닐 텐데도.

자기 자신에게 예외를 많이 둘수록 건강하다. 자아와 편안한 관계를 맺고 있다면 끊임없이 변화하는 시간과 환경 속에서 나 자신도 따라 변함을 인정하고 상반된 모습들도 수용하며 모순을 받아들이고 조정해나갈 수 있을 것이다. 그렇지 못하다는 건 자아의 내용이 꽉 차 있다기보다 비어 있다는 뜻일 테다. 어떻게든 빈 자리에 일관된 상을 만들어 메꾸려는 노력이 고된 이유인지도 모른다.

내 머릿속의 파파라치

나의 꿈은 나를 떠나는 것이고 내게로 다시 돌아오는 것이다. 세상으로 나가 모험을 펼치고 거기에서 얻은 것을 들고 다시 나에게로 돌아와 밖에서 얻은 것들을 소중히 껴안고 곱씹고 취하고 싶다. 안전한 '나'라는 기지 안에서 쉬고 다지고 굴리다가 다시 바깥을 향해 눈을 빛내고 싶다. 하지만 나는 결코 나를 떠나지 못하고 떠나지 못하니 돌아올 수도 없다.

어느 순간에도 내게 머물러 있다. 몰입과는 다르고 차라리 집착에 가깝다. 말과 행동, 때로는 겉으로 내뱉지 않는 생각까지도 사소한 디테일까지 모조리 검열하며 나에게 시선을 고정한 채다. 그리하여 나는 두 개의 존재로 나누어져 있다. 행위와 시선. 주체와 대상. 본래의 나와 그림자인 나. 날 움직이는 제1의 존재와 날 멈추는 제2의 존재.

두 개의 회로를 돌리기 위하여 내적 에너지가 엄청나게 소모된다. 몸이 가볍다거나 에너지가 차오르는 느낌을 경험해본 적이 없는 이유인지도 모르겠다. 매 순간 나를 관찰하고 비판하고 주의를 주는 감독관이자 평론가인 그림자는 할 일이 많다. 때로는 유능한 비서 같고 때로는 까다로운 교사 같고 때로는 피도 눈물도 없는 검사 같다. 그가 마음만 먹으면 없던 먼지도 생겨난다. 그는 먼지에 현미경을 들이대며 나의 정당성과 합당함을 꼬치꼬치 캐묻는다. 피곤해 죽을 것 같지만 그를 거역할 수 없다.

그림자는 나이고 내가 아니다. 밖에서 들어왔던 말들, 내가 남을 평가하던 생각들, 되어야 한다고 생각하는 모습들, 가정과 학교와 사회에서 한 목소리로 내게 기대하고 요구했던 실낱보다도 가느다란 '정상'과 '우등'을 향한 기준들, 이것들이 모두 뒤엉켜 시꺼메졌다. 그림자가 나를 따라다니는 건지 끌고다니는 건지 모호해져버렸다.

수치심은 나에 대한 평가 ― 내가 나에 대해서 어떻게 느끼는지 ― 에서 나온다. 나를 바라보는 기준은 자신이 아닌 타인이다. 언제나 타인의 시선 앞에 노출되어 있다고 느끼고 타인의 눈을 통해 나를 바라본다. 그 시선은 중요한 실존 인물의 것일 수도 있고 가상의 인물일 수도 있다. 어느 쪽이든 수치심은 관계적인 감정이다. 대인 관계의 사건 없이 스스로 생겨나기도 하지만 대체로 타인과의 관계 안에서 발생한다.

《마이너 필링스》를 쓴 작가 캐시 박 홍은 수치심을 "스스로 낸 신경증적인 상처"라고 정의하며 "수치심을 일으킨 공격자가 내 삶에 더 이상 존재하지 않아도, 나는 계속 존재한다고 상상하고 내 그림자를 그자로 착각하여 몸을 움츠린다"고 묘사한다. 타인의 시선은 내면화되고 어느새 아무도 없어도 나를 집요하고 날카롭게 바라보는 제2의 시선이 몸속에 둥지를 튼다.

때문에 어떤 면에서 나는 공인으로 살아온 느낌을 갖는다. 발가벗겨질 경우를 대비히여 나의 시적인 영역은 마치 공적인 영역처럼 여겨져 왔다. 언제 어디서 들춰져도 문제없도록 반쪽인 감독관에 의해 철저하게 관리되어 왔다.

사적인 영역이 없는 개인이란 혼자 쓰는 일기에서도 시선을 의식하고 방에 홀로 문을 닫고 있어도 초조하며 진정한 의미로 나만의 마음을 풀어놓을 곳을 갖지 못하는 사람이다. 어느 순간에도 파파라치에 찍힐 것을 대비하며 사는 사람이 온전히 자기 자신에 집중할 수 있을까? 나라는 사람에 몰두하지만 그 몰두가 참된 자기에게 향할 수 있을까? 다음 날이면 마음 신문 1면에 대문짝만하게 오늘의 실수와 허점과 부족함이 실리는 마음을 가진 사람이 세상을 자유롭게 탐험할 수 있을까?

제2의 존재는 파파라치나 다름없고 내면의 파파라치는 파괴력이 굉장하다. 대중보다 훨씬 더 많고 편향되고 냉정한 눈동자를 스스로 만들어낸다. 술에 취해 비틀거리는 순간에도 내일 말짱한 정신일 때 지금 모습이 어떻게 기억될지, 취중에 내뱉은 말을 나중에 맨정신인 채로 상대를 만나도 할 수 있을 법한 말인지 판단하려 애쓴다.

무언가에 취하는 건 나를 자유롭게 한다. 나는 술에 취하거나 정열에 취했을 때만 자의식에서 잠시 놓여날 수 있다. 나를 내리누르고 장악하는 자의식을 잊고 순수하게 몰입하는 순간은 해방감을 만끽하는 순간이다. 그러나 한편으로 그것은 나를 부끄럽게 만든다. 내가 나를 통제할 수 없음은 불안이고 부끄러움이다. 평정심을 잃는 건 내가 되고 싶은 모습이 아니다. 그리하여 취하는 게 나를 내려놓는 손쉬운 방법임에도, 남들은 흐트러진 내가 좋다 말해도, 나오는 대로 말하고 소리를 지르고 크게 웃고 함부로 말하는 나를 꼿꼿한 정신의 내가 견딜 수가 없어서 되도록이면 술을 마시지 않는다. 정열에서 빠져나와 제정신을 차리려 자꾸만 마음을 다잡고 세차게 고개를 내젓는다.

무언가에 한껏 취했을 때만 감독관의 눈을 피해 잠시 내게서 벗어날 수 있지만 그런 식의 무아지경은 거품이 사라진 후 어김없이 수치심이라는 숙취에 시달리게 하므로 나는 취하는 게 미리 겁난다.

그러니 모순되고 변덕스럽고 우왕좌왕하고 비틀거리는 사람의 글을 읽을 때 안심되는 건 어쩌면 자연스러운 일이다. 심지어 그 이야기가 아름답게 느껴질 때면 얼마나 환호하는지. 일관되고 합당하기만 한 인간이라는 건 아마 모든 게 완벽한 신적인 존재이거나 무지하게 재미없고 딱딱한 인간일 테지만, 나는 이유를 설명해야 한다는 강박에 사로잡혀 있다. 누가 물은 것도 아닌데 늘 마음속으로 생각한다. 지금 행동은 이러이러한 이유 때문이야. 그 말인즉슨 타당한 이유가 없으면 나는 행동하지도 말하지도 움직이지도 않는다는 뜻이다. 이것은 완벽주의와 관련되어 있다.

"왜 그러고 있어?"라는 질문이 두려운 건 '그냥, 새미로, 내 맘이야' 같은 답으로는 만족하지 않는 가상의 상대방 때문이다. 끊임없이 나를 평가하는 가상의, 그러나 현실에서 유래된, 그리하여 결국에 내면화되어 버린 평가자 때문이다. 저 질문에 뒤따라 나올 만한 말은 아마도 이런 것이리라. "너 지금 그러고 있을 때가 아니지. 진짜 중요한 일을 해야지."

중요한 일은 따로 있다. 마음이나 취향이나 갑자기 생겨난 호기심은 중요한 게 아니다. 내재적인 흥미가 아니라 밖으로 드러나는 것들, 성취, 효율, 과제와 같은 것이 시간과 자원을 들여 추구할 만한 가치다. "내 맘이야"만으로는 안 된다. 그걸로는 보편타당한 설득력을 가질 수 없다. 충분한 대답이 되지 못한다고 생각한다. 나의 오롯한 마음만으로는 정당성이 없다고 믿도록 만드는 게 바로 수치심일 것이다.

가면의 비극

집을 나설 때마다 진짜 나를 두고 나오는 기분이 든
다. 현관에 서서 옷매무새를 가다듬으며 거울 속의 나에
게 다짐하듯 말한다. 밖에서 어떻게 행동해야 하는지 알
지? 그래야 세상에 수용될 수 있어. 진짜 나는 혼자 있
을 때 실컷 되면 되잖아. 지금부터는 내가 쓰기로 선택
한, 나라는 이름의 가면을 쓰는 거야. 자신으로부터 분
리되는 느낌이 들어도 어쩔 수 없다. 나를 꾸밈으로써
삶에서 일어나는 일들에 대응하는 방식을 원하는 방향
으로 통제하고자 한다.

살면서 가장 두꺼운 가면을 썼던 건 처음으로 회사
에 들어갔을 때였다. 어딘가에 속하려면 가면이 필요하

다. 세상의 법칙을 알지 못한다고 느끼기 때문에 새로운 곳의 새로운 규칙을 관찰하고 그에 맞는 가면을 만들어낸다. 무엇이 허용되고 아닌지, 무엇이 호감이고 아닌지, 무엇이 자연스럽고 아닌지, 대중적인 감정과 상식적인 감각이 내게는 아무래도 부족하다고 느낀다.

처음 부딪치는 환경, 점잖고 프로페셔널해야만 하는 장소, 돈을 벌어야 하는 곳, 처음 입어보는 직장인이라는 정체성 앞에서 무척 긴장했다. 남자 동기들을 흉내 내며 '다'나 '까'로 말끝을 끝내는 것에 익숙해지는 법을 배웠고, 상사에게 서류를 건넬 때 그의 컴퓨터 화면이 보이는 옆자리로 가도 되는지 눈치를 살폈고, 업무에 대해 얼마큼 질문을 해도 되는지, 친근하게 다가오는 상사에게 나는 얼마큼 친근하게 굴어야 하는지를 파악했다.

그렇다면 적응을 잘했나? 적어도 욕은 안 먹었다. 분위기에 맞지 않게 나대거나 튀는 일은 없었다. 그렇지만 가면은 내가 아니라서 말하고 손짓하는 방식, 웃고 시선 처리하는 방식을 꾸며내다 보면 그곳에 존재하는 것만으로도 뇌의 에너지를 과하게 썼다. 그러면 정작 진짜 중요한 일, 사람 간에 친밀감을 쌓고 관계를 가꾸는 일이나 업무를 효율적으로 혹은 창의적으로 해내는 일, 점심시간에 잠시라도 짬을 내어 긴장을 풀고 휴식을 취하는 일 같은 것을 제대로 해낼 수 없었다.

주말이 되면 탈진해버렸다. 예전처럼 글을 쓰거나 음악을 듣거나 친구들과 마주 앉아 의미 있는 대화를 나누지 못했다. 내 안이 텅 비어 있어 할 말이 없었다. 가면이 두꺼워질수록 내면은 얇아져 갔다.

독서 모임에서 먼저 입을 떼는 류의 사람이 아니다. 책이 어려웠어도 쉬웠어도 재미가 있었어도 없었어도 남이 말하기 전까지 무엇도 아닌 척 앉아 있다. 다른 사람의 감상을 듣고 그제야 입을 연다. 타인의 의견을 바탕에 놓고 거기에 덧붙이거나 조금 비틀어 새로운 시각을 내놓는다. 나서서 어려웠다고 말할 때도 있지만 그조차 약간 우스갯소리처럼, 겸손의 표현처럼, 대체로 이해해놓고 사소한 부분에서 명료하지 못했던 걸 과장하는 것처럼 말한다. 그조차 나를 무지하게 보지 않을 사람들 앞이라면 말한다. 나를 깔보지 않을 거라고 상대를 믿는 게 아니라 그간 내가 유식한 모습을 충분히 보였다고 생각하는 사람들 앞이란 뜻이다. 이럴 때면 나를 꾸미는 게 지긋지긋해진다.

나는 안전감을 느낀 적이 있나, 느낄 수는 있나? 내면이 깨져 있어서 어떤 공간을 가건 어떤 사람을 만나건 어떤 일을 하건 안전감을 느낄 수 없는지도 모른다. 깨진 내면을 붙이기 전까지는 언제까지나 마음을 놓지 못할 것이다.

산산조각 난 유리 같은 내면은 어떤 말로 붙일 수 있을까? '네기 이해한 건 여기까지입니다. 내가 느낀 건 딱 이 정도예요. 틀릴지도 부족할지도 이상할지도 모르지만 지금은 이만큼만 알겠어요.' 겸손도 아니고 과장도 아니고 오롯이 현재의 상태를 기술할 뿐인 담백함이다. 내게 더 많이 기대했던 사람이라면 실망할 수도 있겠지. 실망은 정말 받고 싶지 않은 것 중의 하나다. 타인의 실망만큼 내 존재가 깎여나가는 것 같으니까. 있던 것이 사라지는 것 같다. 타인의 인정으로 겨우 세웠다가 순식간에 지나가는 타인의 무심한 표정 하나로 무너져버리는 모래성 같은 자아.

그렇지만 경험으로 알고 있기도 하다. 독서 모임의 누군가는 내게 다가와 "맞아요, 나도 그 부분이 어려웠어요" 하고 말해줄 수 있다. "나는 어떻게 생각했냐면요,"라며 그의 해석을 말해주기도 할 것이다. 그건 우리의 세계를 넓히는 일이고 서로에 대한 이해를 쌓는 길이다. 이런 반응들은 나의 자아를 깎아 먹지 않을 것이다. 그러면 나는 "듣고 보니 정말 그렇네요, 그렇게 생각할 수도 있네요, 고마워요" 하면 된다. 그뿐이다.

때로 절박하게 자신감을 갖고 싶은 날에는 남들도 알고 보면 별 게 없다고 짐짓 중얼거려 본다. 그렇지만 이렇게 거칠게 되뇌는 건 나를 도울까, 해칠까? 남을 숭배하고 싶지도 않고 깎아내리고 싶지도 않다. 그저 나이고 싶을 뿐이지만 어느 쪽도 마음처럼 되지 않는다.

회사에서, 독서 모임에서, 사람 좋아 보이는 웃음을 지으며 생각한다. 진짜 나는 다른 데 가서 보여주면 돼. 그러나 그런 곳은 없다. 집에 들어와 문을 닫고 혼자 있어도 갑작스레 가면을 벗고 진짜 내가 되지는 못한다. 그것은 꾸준한 훈련이 필요한 일이다. 나로 살기 위해서는 꾸준한 성찰과 자기수용, 때로는 저항과 용기가 필요하다. 우리는 기대대로 사는 데 익숙하고 기대대로 사는 건 어떤 면에서 쉽고 편한 일이니까. 살라는 대로 살다 보면 가면은 점점 내 얼굴이 되어버리고 두껍게 밀착된 가면을 벗겨내는 건 한순간의 마음으로 되지 않는다. 내 손으로 쓴 가면이지만 원한다고 벗어버리지 못하는 게 가면의 비극이다.

진정한 자기 자신이 되는 것에 강렬하게 집착해왔다. 자유로운 나, 있는 그대로의 나, 순수한 결정체의 나, 그것이 되는 것이 중요했다. 하지만 타는 듯한 갈증은 그것이 부족하다는 사실만을 여실히 드러낼 뿐이다. 목마름 안에 다른 내용은 없다. 나는 스스로를 초라하게 여기면서도 왜 그렇게 기를 쓰고 내가 되고자 할까?

나 자신이 되고 싶다는 욕망은 가면을 벗고 싶다는 뜻이다. 비일관적이고 모순된 사람이어도 괜찮다는 안심을 갖고 싶은 것이다. 있는 그대로의 나도 가치 있다는 확신을 간절히 바라는 것이다.

그를 숭배하는 이유

사람 간에 우열을 나눌 수 있을까?

대학에 들어가 아무리 봐도 인간적으로 우월한 사람과 아무리 봐도 아닌 사람들을 보며 질문이 시작되었다. 이전까지의 나는 별 생각 없이 삶의 반경 안에서 그저 주어진 일에만 최선을 다했기 때문에 영혼이랄 게 없었다. 그리하여 나에게 진정한 자아와 영혼이 생긴 기점은 성인이 되고 대학에 들어가며 좁은 반경을 벗어나 전국 각지에서 모인 다양한 사람들을 한꺼번에 만나면서 그간 알지 못했고 상상하지 못했던 사람과 삶을 접하면서부터였다. 비로소 나와 타인과 세상과 사회에 대해 생각하기 시작한 스무 살이었다.

막연하게 갖고 있던 생각이 정확한 문장이 되어 수면 위로 떠오른 것뿐일 수도 있지만 나는 이 질문을 문장으로 만들어낸 후 어쩔 수 없이 약간의 죄책감을 느꼈다. 몇 날 며칠을 생각해봐도 내 답은 '그렇다'였기 때문이다.

단지 내가 얘를 쟤보다 더 좋아하는 것뿐일까? 얘랑 이야기하는 게 더 재밌고 더 알고 싶은 건 그저 서로 주파수가 맞을 뿐인 걸까? 그렇지만 아무리 봐도 얘가 하는 말과 쟤가 하는 말은 깊이가 다른 것 같은데. 사람 간에 우열을 가르는 건 무조건 나쁜 일인가? 설령 나쁘다 하더라도 나쁜 것과 별개로 어쩔 수 없는 진실도 있지 않나?

이따금 현실에서 만나는 우상들에게 넋을 잃고 불나방처럼 달려든다. 그가 너무 좋아서 그의 앞에서 수치심을 느끼면서. 동아리로, 공연장으로, 스터디 모임으로, 인터넷으로, 멋진 사람들을 찾아다녔다. 멋지다는 건 우월하다는 것이다. 세상을 넓고 깊게 보는 사람이 바로 그 시각과 관점으로 나를 바라봐준다고 생각하면 황홀했다. 거기다 그것을 재치 있는 말 그릇에 담고, 그러면서도 봄바람처럼 따스함을 풀풀 풍기는 사람이라면 나의 우상이 될 만하다. 그의 말과 행동과 생각을 빨아들여 내 것으로 만들고 싶었다. 옆에 있으면 덩달아 나도 멋져질 것 같았다.

나의 우상, 나는 그들을 사랑했을까. 그건 사랑이었을까?

누군가를 우월하게 여긴다면 상대적으로 나를 열등하게 느끼고 있는 중이다. 인격과 사고의 깊이로 평가를 내리고 나보다 우월하다고 판단하면 그를 이상화한다. 귀납적으로 사람을 평가하지만 평가가 끝나고 나면 연역적으로 대한다. 그를 믿기로 결정하면 그에게서 나오는 모든 것을 믿어버린다. 이제 그의 입에서 나오는 모든 말이 옳다.

우월한 그의 생각을 스펀지처럼 흡수하면서 나는 불안하다. 그를 볼 때마다 대단하고 멋지다는 생각과 동시에 나 자신에 대한 열등감을 느끼지 않을 수 없기 때문이다. 숭배에는 열등감이 실과 바늘처럼 따라와서는 자꾸만 마음에 먹구름을 드리운다. 그는 대단해, 니는 왜 이 모양이지. 그를 절대로 따라갈 수 없을 거야. 그가 나를 알면 떠나갈 거야. 다가가고 싶지만 그의 앞에 나설 수 없다. 당신을 더 알고 싶어요, 당신이 좋아요, 당신과 대화를 나누고 싶어요, 말할 수 없다. 결말이 이미 눈에 훤한데 안 그래도 초라한 자신을 더 초라할 수 없을 정도로 초라하게 만들 길에 뛰어들 자신이 없다.

만일 그의 앞에 서게 된다면 나를 멋지게 포장하려고 있는 힘껏 애쓸 것이다. 누더기를 입고 있지만 어떻게든 누더기에 리본을 달아보려고, 포장지로 싸 보려고, 나는 자꾸만 문방구를 뒤진다. 누더기를 갈아입을 수 없다는 걸 알기 때문에 내가 할 수 있는 건 포장뿐이다. 누더기 알맹이는 강력하고 포장지는 얇고 헐겁다. 어떻게든 포장을 지켜내야 한다는 생각에만 골몰하여 눈앞의 상대를 바라보지 못한다. 바람에 휘날리는 포장지를 움켜쥐는 동안 그는 나를 바라보며 이렇게 생각할지도 모른다. '이 사람은 나에게 전혀 관심이 없군. 자기 자신만 바라보고 있잖아. 아마 나와 함께 있는 게 흥미롭지 않은지도 모르지. 다른 데로 가는 게 낫겠어.'

우상과 오래 유지되는 의미 있는 관계를 맺지 못한다. 나의 세상이 넓어질 기회를 우상화가 가로막는다. 어쩌면 좋은 친구가 되었을지도 모르는 관계가 인생에 들어오지 못한다. 스스로를 가둔 것이면서 감옥에 갇혀 있는 듯이 갑갑하다. 그러다 초기의 열정은 필연적으로 사그라든다. 완벽한 인간이란 존재하지 않아서 시간이 흐르면 우상에게는 반드시 약점이 보인다. 숭배의 마음은 작은 불씨 하나로도 홀랑 타버리곤 한다.

쉬운 이상화는 쉬운 비하로 이어진다. 나는 이제 그를 거들떠도 보지 않는다. "별것도 아니었잖아. 생각처럼 완벽한 사람이 아니었어. 내 숭배를 받을 자격이 없어."

대신에 새로운 사람에게로 완전히 옮겨간다. "저 사람이 더 멋지잖아?" 숭배의 열정으로 뜨겁지만 내 마음은 얼 듯이 차갑고 황량하다. 여전히 나는 누더기다.

타인에 대한 이상화는 사람 간에 우열이 있다는 걸 전제한다. 그리고 그렇게 사람을 평가하는 기준은 필연적으로 나에게로 향한다. 이상적인 ─ 사실은 나의 착각에 불과한 ─ 그의 모습과 비교하여 나 자신에게 수치심을 갖는다. 우상과 함께 있을 때 나는 벅참과 동시에 치열한 열등감, 부족하다는 느낌, 그들이 나를 좋아하지 않을지도 모른다는 불안에 시달린다. 그의 멋짐을 사랑하면서도 깎아내리고 싶다. 그래야만 내가 겨우 설 수 있을 것만 같다.

타인을 평가하면서 한편으로 타인을 평가하지 못한

다. 나를 우월하게 여기고 또 열등하게 여긴다. 우월하길 바라면서도 열등한 게 편안하다. '나는 우월해야 한다'와 '나는 열등하다'는 문장을 함께 갖고 있다. 모순으로 가득하다. 그리고 이것들은 사실 모순이 아닐지도 모른다. 하나의 뿌리에서 뻗어 나오는 서로 다른 가지들일지도 모른다.

관계성의 전제는 나에게 소속되기

　좋아하는 사람 앞에서 수치심을 갖는 건 어쩌면 생각보다 자연스럽고 보편적인 현상일지도 모른다. 누군가를 좋아한다는 건 그를 멋지게 여긴다는 뜻이고 누군가를 멋지게 여기면 상대적으로 내가 초라해지기 마련이니까. 거기다 비교와 우열에 민감한 성향이 한 스푼 추가된다면, 내가 부족하고 못나다는 생각이란 애초에 그를 좋아하게 된 출발점에서부터 예정된 수순이다.

　그래서 그 사람 또한 나를 좋아하는 기적 같은 일이 생기면 말도 못하게 황홀하면서도 대체 나의 어디가 좋다는 걸까, 나에게 그가 좋아할 법한 부분이 있을까, 하며 의심과 환희를 시계추처럼 왕복하는 것이다. 그러다 보면 "내가 어디가 좋아?"라며 바보 같은 소리도 하게 되고 딴 데서는 말도 잘하고 웃기기도 잘하면서 그의 앞에만 서면 멍해지고 뭐가 좋다고도 싫다고도 말을 못 한다. 집으로 돌아오면서 내가 왜 그랬을까 후회하면서도 작고 초라해지는 자신을 어쩌지 못해 사랑하면 좋기만 하다는데 나는 사랑이 왜 이리 어려운지 한탄하는 것 아닌가.

자기주장이 사라지지만 진짜로 주장 없는 사람이 된 건 아니라서 못한 말이 쌓여 어디서 생겨난지도 모르겠는 답답함이 가슴을 꽉 막는다. 너의 앞에서 내가 내가 아니라고 생각하니 그럼 너는 대체 누구를 좋아하는 건지 의문이 들 만도 하다. 아무도 아닌 사람을 좋아할 수가 있나. 너의 애정에 근본적인 회의를 품는다. 내가 나를 드러내면 어떻게 될까. 네가 내가 나인 걸 알아채면 너의 애정은 어디로 가게 될까.

그가 좋아하는 음악을 같이 좋아해보려 노력하면서 예전에 내가 좋아하던 음악이 뭐였는지도 까맣게 잊어버렸다. 그와 나의 상호작용이 아니라 내가 그를 흡수하고 그에게 흡수되어 나를 그대로 내보이지도, 그 사람처럼 되지도 못한 채 우리의 비눗방울 속에서 불투명한 혼란을 겪었다. 그렇지만 타오르는 열정 때문이라 여겼다. 자아를 삼켜버리는 게 열정의 속성 자체이고 그런 내 모습이 나의 열정을 증명하는 것이라 여길 뿐, 그 앞에서 나를 잃어버린 것이 내면 깊숙한 수치심 때문이라고는 생각하지 못했다.

나를 부끄럽게 여기는 마음은, 특히나 좋아하는 사람과 비교해서 나를 더 초라하게 느끼는 마음은, 그의 앞에서 나를 버리도록 만든다. 처음에는 스스로 나를 잠깐 숨기고 잠시 꾸며내는 것이지만 '깜빡' 사라졌던 자아는 다음번에는 '까암-빡' 사라지고 다음번에는 '까아아암-빡', 반복 또 반복되면서 어느새 '까아아아암-'에서 끝나버린 채 영영 '빡'하고 돌아오지 않는다.

정체성을 없앤 관계가 오래갈 리 만무하다. 정체성이 빠진 관계에는 영혼도 없고 알맹이도 없다. 친밀한 관계에서 끝없이 나를 꾸며내는 데에는 한계가 있어서 나는 곧 지쳐버린다. 정열로 인한 무아지경에 빠져 자유로운 것도 잠시, 어느덧 정신을 차려 보면 나는 자유롭지도 편안하지도 않다. 너를 좋아하지만 너에게 나를 내보일 수 없으니 그 불편함에 나는 자꾸 다른 이유를 만들어 붙인다. 더는 내가 너를 좋아하지 않는 거라고 스스로 믿어버리면서.

이는 비단 애정 관계에서만이 아니다. 우정도 애정의 일환이라 나는 교우 관계의 허니문에서 일상적 관계로 넘어가는 단계에서 어쩌면 잘 지낼 수 있었을 사람들을 잃어왔음을 깨닫는다. 우정의 허니문이란 서로 잘 몰라서 매력적이고 매력만 보여서 완벽해 보이고 앞으로의 우정에 환한 장밋빛 미래만 그려지는 시기이다. 이렇게 멋지고 좋은 사람과 친구가 된 게 행복하기만 한, 적당한 거리가 있어서 조심스럽게 대하니 실수로 서로의 거친 면을 내보일 일도 없는, 뽀얗게 필터가 씌워져 앞이 잘 보이지 않으나 그래서 더 예쁜 단계다. 그러나 그게 지나고 나면 우리는 맨얼굴을 보여줘야 한다. 상대의 모나고 뾰족한 부분을 알게 되고 그럼에도 불구하고 서로를 놓지 않고 부딪치기도 하고 맞추기도 하면서 그제야 진짜 우정이 시작되는 것이다.

바로 이 지점에서 피해버리는 것이다. 허니문의 달뜬 설렘이 가라앉고 이제야 자세히 얼굴을 들여다보려 하는 상대를 자꾸 피한다. 그러면 가까워져야 할 거리를 계속 유지한 채 어정쩡한 관계가 되어버리는 것이다. 좋은 관계가 될 수 있었을 사람으로 남거나 더 나쁘게는 오해를 사기도 한다.

　수치심은 나 자신의 정체성과 함께 사람들과의 관계성마저 잃게 한다.

　내가 나인 게 부끄러우니 나를 통째로 갖다 내버리고 싶은 심정이 되는 건 그럴 법하다. 다른 사람인 척해봐도 완전히 꾸며내기란 불가능해서 나는 나도 아니고 멋진 누군가도 아닌 미적지근한 아무도 아닌 이가 되어버리고 만다. 아무도 아닌 상태로 누군가를 사랑하고 누군가에게 사랑받을 수는 없는 노릇이지 않나.

　'이곳에서 진정한 나로 존재할 수 없다'는 생각이 나로 하여금 있던 곳을 떠나고 함께 있던 사람을 떠나게 만들었었다. 하지만 진짜 나로 존재할 수 없다는 느낌은 내가 만들어낸 게 아닌가? 어디서든 누구에게든 소속감을 느낄 수 없던 것이 나를 드러내지 않은 탓이라면? 다른 사람에게 나를 드러내지 않으려다 보면 관계에서 자신을 소외시키게 되고 진실한 관계를 맺기가 어려워진다.

　나를 드러낸 만큼만 소속될 수 있고 나를 드러내지 않은 채 진정으로 소속된다는 것은 불가능에 가깝다고 수치심 연구자인 브레네 브라운은《진정한 나로 살아갈 용기》에서 말한다. 그리고 타인에게, 세상에게 소속되기 위해서는 먼저 나에게 소속되지 않으면 안 된다고 강조한다. 나에게 소속되는 것은 처음이자 끝이다. 자신에게 소속되지 않은 사람은 어디에도 소속될 수 없다.

내가 나에게 소속되어 있는 한, 나는 어디서도 배제되지 않는다. 진정한 나로 존재하는 한, 내가 있는 곳이 바로 나의 자리가 된다. 나에게 소속된디는 것은 나를 알고, 편안하게 느끼고, 그리하여 나로 자연스럽게 존재함을 뜻한다. 나라는 사람의 경계를 가지고 그 안에서 생각과 감정, 의견과 취향, 태도와 가치관을 자유롭게 느끼고 사고하는 것을 뜻한다.

나에게 소속되고 나면 모임에서 주류가 되는 것은 정말로 상관없어질지도 모른다. 배우 김혜수는 한 인터뷰에서 "늘 중심이 되려고 하면 결핍을 느끼게 되지만 일원이 되려고 하면 열려 있는 부분이 있다"라는 말을 남겼다. 주류가 되기 위한 정답지를 버리고 일원이 되는 것, 그것이 나의 새로운 목표가 되는 중이다.

말하기 귀찮아

나에게 있어 우울의 전조증상은 일정하다. [말하기 귀찮아]라고 쓰인 표지판이 마음의 전광판에 크게 걸린다. 그럴 때는 입을 열려다 다문다. 말을 내뱉으려는 순간 다른 모든 말에 앞서서 이 문장이 길을 가로막기 때문이다. 말해서 뭐 해.

이것은 우울로 직행하는 열차의 이름이다. 열차는 이렇게 출발한다. 말해서 뭐 해, 가서 뭐 해, 먹어서 뭐 해, 만나서 뭐 해. 나의 우울 열차가 '해서 뭐 해'라는 건 의미심장하다. 나의 우울한 뇌는 왜 하필 이런 문장을 만들어낼까? 이 문장들에서 앞부분이 아니라 뒷부분에 주목해본다. '뭐 해'란 바꿔 말하면 뭐가 되어야 한다는 생각이 깔려 있는 것 아닐까? 뭘 했든 그걸로 무언가(좋은 것) 되거나 이루어야 한다는 잠재의식이 우울을 경유하여 드러난 것 아닐까? 그러다 끝내 도착하고 마는 종착역은 아무래도 '살아서 뭐 해'가 된다.

이 말을 파트너에게 했을 때, 그러니까 "살기 귀찮다"라고 떠오르는 문장을 여과 없이 내뱉었을 때, 그가 슬퍼하는 모습을 보며 이건 나쁜 말이구나 깨달았다. 안에 오랫동안 담고 있던 말이라 사랑하는 사람을 슬프게 만드는 말이란 걸 인지하지 못하고 있었다. 나는 부끄러웠다. 내가 뭘 몰랐을 때, 그래서 누군가를 아프게 했을 때, 어김없이 부끄러워진다.

말하기 귀찮은 느낌을 다른 말로 하면 '입 아파'이다. 이번에는 파트너를 아프게 할 것을 알면서 말한다. "지금 하고 싶은 말이 있는데 나중에 할게요. 입이 아파." 이번에도 그는 놀란다. 나는 놀라지 않는다. "당신 때문이 아니에요. 해야 할 말이 너무 많아서 그래. 그게 버거워서 그래. 다음에 말할게요." 몇 번 반복되자 파트너도 익숙해졌다. 대신 입술을 삐죽인다. "다음에 말 안할 거잖아요, 다 알아요."

그렇지만 정말로 버겁다. 구구절절 설명할 생각을

하면 정말로 입이 아프고 지친다. 여기서 드는 의문은 이것이다. 나는 왜 구구절절 설명해야 한다고 느낄까? 왜 버거워하면서도 구구절절을 버리지 못할까? 버거워서 아예 입을 다무는 것보다는 당장 부족해도 짧게라도 말하는 게 소통 측면에서 나을 텐데, 왜 모 아니면 도라는 식의 태도를 취하는가? 구구절절하지 않으면 대체 무슨 일이 벌어진다고 생각하는 걸까?

학창 시절에 어떤 남자애가 다가와서는 나에 대해 알아냈다는 듯이 말했다.

"넌 얼음공주야."

그는 '삼촌'이라는 별명으로 불리는 아이였다. 덩치가 크고 수더분한 느낌에 서른, 마흔이 되어도 아마 그 얼굴 그대로일 것 같은 성숙한 외모의 소유자인 데다 결정적으로 반 친구들의 고민을 상담해주는, 내면까지도 이른 성숙을 이루었기 때문이다. 그래선지 그의 평가는 좀 의미심장하게 들렸다.

"내가 왜?"

자신을 차갑다거나 냉정하다고 생각해본 적이 없었고, 거기다가 친구들 앞에서 공주? 그렇게 보일 거라고는 단 한 번도 상상한 적 없었다.

"너는 필요한 말만 해."

일단 공주는 별 의미 없이 붙은 말인 듯했다.

"무슨 뜻이야?"

"쓸데없는 말 있잖아. 맥락에 안 맞는데 갑자기 튀어나오는 말, 별 뜻 없이 흘러가는 말, 그런 시시한 말을 안 한다는 거지."

뭐 다 그렇지 않나, 설명을 듣고는 대충 넘겨버렸다. 그렇지만 그의 평가는 어쩐지 마음속에 살아남아 나를 바라보는 기준점이 되곤 했다. 필요한 말을 정돈해서 할 땐 '정말 그렇네' 했고, 친구들과 시시덕거릴 땐 '뭐야, 아니잖아' 싶었다. 가끔씩 한없이 차갑고 냉정한 마음이 들 때면 "너는 얼음공주야" 하는 말이 어느덧 내 목소리가 되어 거울 속 나를 향했다.

열다섯 살 남자애의 평가에 따르면, 나는 그저 입을 벌려 아무 말이나 뱉는 일 자체에 특별히 흥미를 갖는 사람은 아니었다. 확실히 어느 순간 스스로 말수 적은 사람으로 여기고 있었다. 말을 적게 하다 보니 말하는 요령을 습득하지 못했는지도 모른다. 그래서 얼마큼 말해야 타인에게 나를 전달할 수 있는지, 그런 감이 부족한지도 모르겠다. 나는 나를 말하는 일에 서툴다.

적게 말하면 오해를 산다. 이 정도면 충분히 드러냈다고 생각하는데 사람들은 "너는 네 이야기를 잘 안 해"라고 한다. 이 정도면 충분히 설명했다고 생각하는데 내 마음과 다르게 이해한다. "그게 아니고…" 말을 하는 게 싫다. 이미 상대는 오해했고 나는 그것을 지금부터 풀어야 하고 조리 있고 명료하게 말해야만 오해를 바로잡을 수 있는 어마어마한 과제가 주어진 상황. 하지만 이미 한쪽으로 치우친 상대를 말 몇 마디로 돌려 오기가 너무 버겁다. 나는 1부터 구구절절 말해야만 겨우 이해받는 것 같은데, 누군가는 갑자기 3부터 던져도 그의 4를 이해받는 것을 바라보면 별안간 혼란스럽다. 대체 기준이 뭐야? 그것을 알지 못하니 꾸역꾸역 1부터 말할 수밖에 없고 자연히 말하는 게 피로해진다.

예를 들면, "내일 뭐 해?"에 대한 답으로 "친구 만나"라기보다 "아, 그게 대학 동아리 때 만난 친구가 마침 휴가고 근처에 들를 일이 있다고 해서 잠깐 만나기로 했어"라고 말해야 할 것 같다. 그렇지 않으면 예상치 못한 의문이나 공격을 받을까 봐. "걔는 만나면서 나는 왜 안 만나?"와 같은. 하지만 1부터 4까지 말하기 버거워지면? 입을 다문다. 거짓말도 한다. "별 계획 없어"

사이가 가깝고 친밀할수록 나는 더 괴롭다. 먼 사이라면 "친구 만나" 정도로도 충분할 것이다. 거기서는 나를 설명해야 할 필요를 느끼지 않는다. 모조리 이해받고 싶은 욕구도 없다. 그래서 부담 없이 내키는 대로 말할 수 있다. 그게 너무 가볍고 산뜻해서 나는 차라리 먼 사이가 좋아지고 만다. 아무 부담 없는 관계, 서로 얽히고설키지 않는 관계, 기대도 실망도 오해도 없는 관계. 거기에서 편안함을 느끼다가 문득 자신이 부끄러워진다. 적당한 거리가 좋다는 말 뒤에 숨어 친밀함으로부터 도망치는 것만 같아 기분이 꺼림칙하다.

하지만 구구절절 말한다고 언제나 이해받을 수 있을까? 때로 오해는 부족한 설명에서 오기보다 그들 간의 해묵은 문제에서, 누군가의 마음속 굴절에서 생겨난다. 그런 면에서 오해는 소통의 실패라기보다 관계의 실패다.

친구에게 오해를 산 적이 있다. 적게 말해서 생긴 오해라고 여겼다. 구질구질할 정도로 나는 구구절절하게 말했다. 나의 깊은 두려움과 약점, 취약성을 꺼내어 그것이 어떻게 지금 상황과 연결이 되었는지, 이런 상황이 되기까지 어떤 마음이었는지를 모조리 꺼내놓았을 때, 그가 대답했다.

"네가 이렇게 징징댄다고 해서 모두가 이해해줄 거라고 생각하지 마."

적게 말하면 이해하기 어렵고 자기개방 안 하는 사람이 되는데, 많이 말하면 징징거리는 게 된다. 나는 길을 잃었다. 구구절절이 힘을 잃었다. 이해받을 수 있다는 기대가 없는 구구절절은 낭비다. 이해받지 못한다는 두려움을 가진 한, 내 말은 쓸데없이 구구절절하게 느껴지고 쓸모없는 말을 하는 것은 시간 낭비, 감정 소모라서 생각만 해도 입이 아프다.

주관적으로 느끼는 말의 쓸데 있음과 없음의 구분은 어쩌면 상대의 반응에 달린 걸지도 모른다. 내 말이 단박에 이해되거나 수용될 거라는 기대가 없을 때 말하기 귀찮아지는 걸지도 모른다. 애초에 필요한 말과 필요 없는 말의 경계가 어딘지도 모르겠다.

그러니 이제 '삼촌'의 평가를 재정의해야 한다. 나는 필요한 말만 하는 사람이라기보다 이해받지 못하는 두려움이 큰 사람이다. 구구절절이란 나를 타인에게 설득하거나 설명해내야 한다는 압박에 짓눌려 있을 때 스스로 느끼는 마음이고 그렇게 해도 나를 이해시키지 못할 거라는 깊고 막연한 두려움이 미리 입 아픈 감각을 만들어내는 것이다. 즉, '구구절절'은 이해받고자 하는 몸부림이고 '말하기 귀찮아'는 이해받지 못할 거라는 두려움이다. 수치심이 만들어내는 우울의 감각이다.

3장

·

가치 증명 전쟁

성취라는 덫

수치심은 성취 위에서 자라났다. 내가 해낸 성취는, 기어코 움켜쥔 성취는 나를 지탱했고 무너뜨렸다. 그건 마치 장대높이뛰기 선수의 장대와 같은 것이어서 나를 높이 세웠으나 결코 안정적이지도 영구적이지도 않았다. 장대를 딛고 올라가도 완벽과 비교라는 수평봉은 내가 올라선 곳보다 항상 높았고 그래야 기준이라 불릴 만했다. 높이뛰기의 기준이란 엄격하고도 무자비해서 내가 완벽하지 못할 때, 만인과의 비교에서 살아남지 못할 때, (항상이라는 뜻이다) 장대 위의 나는 쉬이 무너져내렸다.

무언가를 이룬 순간에는 채워지는 느낌, 온몸이 단

단한 찰흙으로 빈틈없이 메꾸어지는 안정감, 동시에 장대 위에서 남들을 내려다보는 짜릿함을 느꼈으나 그것은 어쩐지 찰나에 불과했고 그렇기에 더욱 중독적이었다. 얇고 가는 장대를 겨우 붙들고 흔들거리는 사람처럼 금세 불안해져서 다음에는 해내지 못할지도 모른다는 불안과 이걸로는 부족할지 모른다는 불안, 나보다 뛰어난 사람을 분명히 만나고 말 거라는 불안에 나는 다음 성취를 향해 또다시 있는 힘껏 달려야만 했다.

그것은 세상이 좋아하는 종류의 판단 기준이었다. 언제 어디서 누구에게나 인정받기 쉬운 수치화되고 눈에 보이는 성취는 지금껏 그것을 대체로 잘해 내온 내가 도저히 놓을 수 없는 주된 정체성이었다.

양육자는 나의 성취에 호들갑을 떨거나 과하게 치켜세우지는 않았지만 조용히 크게 기뻐했다. 반장이 되거나 전 과목에서 백 점을 받아오거나 학원의 높은 반에 들어가거나 할 때마다 외부의 반응은 발밑에서부터 차곡차곡 단단하게 쌓아 올려지는 물리적 실체를 만들어냈다. 그런 반응들은 희미하거나 텅 비어 있을 나를 빠르고 강하게 채웠다. 몸의 경계가 만들어지고 나라는 실체가 생겨나는 것만 같았다. 그것은 누구도, 심지어 나조차도 나를 후려칠 수 없는 토대가 되어주었다. 그간 쌓아온 진흙이 내 몸의 피와 근육과 신경을 구성하고 있었기 때문에 자신 있었다. 인간으로서 자신을 믿어주지는 않아도 성취를 만들어내는 나는 믿었다. 성취는 분명 자신감이었고 자존감이었고 자부심이 되어주었다.

하지만 그것은 왜 자부심이기만 하지 못했을까. 그렇게 좋은 것에서 왜 좋은 깃만 쏙 빼니어 자존감의 탄탄한 근거로만 삼지 못하고 기어이 달의 반대편을 들여다보는 사람인 걸까. 왜 그것을 조건으로 인식했을까. 조건이 사라진다면 나는 어떻게 될지를 왜 상상했을까. 왜 내게서 가치 있는 부분은 그것뿐인 것처럼 느꼈을까. 왜 늘 가치 있어야만 하고 쓸모 있어야만 하고 인정받아야만 한다고 여겼을까.

심리학자 존 브래드쇼는 《상처받은 내면아이 치유》에서 점수체계가 그 자체로 수치스럽고 불행한 제도라고 말한다. 점수라는 완벽주의적인 체계에서 우리는 절대로 만점에 도달할 수 없기 때문에 항상 부족하다는 느낌에 시달리고 이것이 중독적인 수치심을 만들어낸다고 말이다. 설사 좋은 성적을 얻는다고 해도 문제가 생긴다고 지적하는 부분이 인상적이다. 그런 경우에는 인생의 모든 부분에서 최고를 지향하는 성과중심적인 인간이 되어버린다는 게 그의 설명이다.

　그리하여 이것은 함정이었을까. 사람들의 표현에 따르면 나는 대체로 노력보다 큰 성과를 내왔다. 그 말을 들을 때마다 오래 앉아 있던 나무 책상의 감촉, 책상에 앉아 고개를 들면 보이는 작은 창문 속 밤하늘의 냄새, 늘상 학교 서랍에 넣어두는 수학 교재의 빛바랜 색깔 같은 것을 떠올렸다. 기울인 노력의 정도에 대해 스스로 아는 것은 절대적인 수준일 뿐, 상대적으로 남들은 얼마큼의 노력으로 얼마큼의 성과를 내는지 알지 못하니 반박할 근거가 없었다. 정말 그런 걸까, 그렇다면 나는 어디서도 하소연이나 불평을 하면 안 되겠구나, 생각할 뿐이었다. 그렇지만 그런 말을 들을 때마다 내 노력이 뭉개지는 기분이 조금씩 나를 갉아먹고 있었다. 성취는 인정받았지만 과정은 인정받지 못한다고 여겼고 그럴수록 더욱 완벽한 인정을 향한 욕구에 시달렸다.

　그러나 가슴속의 충동을 참고 문제집을 푸는 일은 감각을 마비시킨 나에게 그리 괴로움이 아니었기에 어쩌면 그 말이 맞을지도 모른다고 생각했다. 아마도 수

월한 편인 것 같았다. 괴로움에 머리를 쥐어뜯는다거나 자리를 지키지 못하고 안달복달하는 일은 없었다. 평정심을 지켰고 많은 걸 무던하게 넘겼다. 나는 수행하는 존재였고 무언가를 참고 있다는 감각도 점차 사라져 갔다.

*

　　양육자는 그들이 최고로 여기는 것을 나에게 최대로 많이 주기 위해 최선을 다했다. 우리 집의 경제적 시간적 물리적 자원의 대부분이 나의 학업에 쏟아부어졌다. 그들이 가진 것과 알고 있는 것을 전부 전해주려 했고 나는 그것들을 받아먹었으므로 거의 흔들리지 않으며 앞으로 나아갈 수 있었다. 아버지는 밤낮없이 바쁜 와중에도 함께 시간을 보내려 애썼고 내가 갈림길에 설 때마다 가야 할 방향을 알아낼 수 있도록 끝없는 토론을 주최하고 머리를 맞댔다.
　　어머니는 내가 초등학생일 때 시험을 앞둔 밤이면 내 침대에 모로 누워 교과서를 펼쳐 들고 암기한 내용을 스스로 확인할 수 있게 질문을 던져주며 인내심 있게 학습을 도왔다. 고등학교 시절에는 예상치 못하게 학원 수업이 늦게 끝나는 날이면 나를 데리러 온 차 안에서 하염없이 기다리는 시간을 보냈다. 엄마는 그 시간이 엄마의 시간이 아니라 내 시간이라 여기는 듯했고, 애초에 엄마의 많은 시간이 나를 위해 쓰였기에 정말로 내 시간이나 다름없었다. 나는 내가 받고 있는 것이 무엇인지 당시에는 정확하게 알지 못했으나 단 하나, 엄마가 행하는 최선의 최선인 태도는 알았다. 가쁜 숨의 일상에서 잠시 짬이 나 소파에 몸을 기댄 엄마에게 우리가 무언가를 요청하기도 전에 엄마는 상황을 재빨리 파악하여 무거운 몸을 일으켰다. 때로는 괜찮다고 내가 하겠다고 반쯤은 진심이고 반쯤은 엄마가 해주면 좋겠다는 마음으로 손을 내저으면 엄마는 언제나 그냥 "내가 하면 돼" 했다. 그거 뭐 어려운 거라고, 내가 하고 말지 뭐. 한숨처럼 내뱉었지만 그것이 엄마의 자그마한 일에도 최선을 다하는 태도라는 것을 알았다. 작고 큰 일들이 쌓여 엄마의 하루를 빈틈없이 채웠다. 엄마는 나의 성취라는 최종 목표로 가기 위한 과정에서 엄마 자신의 성취를 해냈다. 더는 성실할 수 없었고 더는 전력일 수 없었다. 그건 엄마의 분명한 성취였다. 세상이 알아주지 않는, 보이지 않는, 가치가 매겨지지 않는, 크레딧이 다른 이에게 주어지는, 돌봄과 헌신을 훌륭하게 수행해낸 여성의 성취.

　동시에 엄마는 관용적인 양육자였다. 내가 수행평가 점수 1, 2점에 목을 매지 않을 수 있던 이유이고, 바뀔 수밖에 없는 등수에 연연하지 않을 수 있는 이유 중의 하나였다. 학업에 관한 한, 내가 단단하게 쌓아 올려져 있다고 엄마는 믿었다. 하루하루에 연연하지 않는 통 큰 관리자였고 신뢰를 가져주는 뚝심 있는 관리자였다. 피곤하면 낮잠을 자야 하고 힘들면 쉬는 게 당연했다. "오늘은 집에서 쉴래?"라는 말이 내가 엄마에게 가장 자주 들은 말일지도 모른다. 엄마는 유능하고도 성실한 관리자였다. 이 부분에서 나는 엄마를 양육자라기보다는 관리자라고 칭하는 것이 더 정확하다고 느낀다. 엄마와 아빠의 보살핌은 내가 특정 나이를 지나면서부터 대체로 과제를 해내는 것에 궁극적인 목표가 있는 행위들이었다.

　나를 물심양면으로 지원해주는 양육자의 존재, 내가 가진 기질이 사회의 가치 방향과 잘 맞아떨어졌기 때문에 노력에 대한 보상이 넘치게 주어진 점 등을 고려하면 불평할 처지가 아니라는 검열과 의심에 시달린다. 분명 좋은 환경에 있었고 사회적으로도 개인적으로도 가치 있고 유용한 지식과 지위를 얻었다. 하지만 신자유주의 사회에서 극소수를 제외하고 대부분의 사람은 결코 충분할 만큼 승자가 될 수 없다. 게다가 하나를 맹목적으로 좇는 과정에서는 놓치는 것이 생기기 마련이다. 성취는 우리에게 의심할 여지없이 최우선의 맹목적 가치였다.

우리 가족의 지상 과제를 이루고 나서, 그러니까 십이 년간의 입시가 끝나고 드디어 대학에 입학하고 나서, 그러고도 한참 후부터 그것은 서서히 느껴지기 시작했다. 성취가 나라는 존재를 잡아먹어 버렸다는 사실. 나는 더 이상 성취가 없이는 제대로 설 수 없는 인간처럼 나를 인식한다는 것. 성취가 없이는 인정받을 수 없을 뿐만 아니라 사랑조차 받을 수 없다고 믿고 있는 것. 합격이라거나 상이라거나 점수와 같은 눈에 보이는 성과가 아니고서는 무언가를 이루었다고 말할 수 없고 나의 존재 가치를 증명할 수 없다는 믿음에 강력하게 장악되어 있다는 사실이 오랜 시간이 지나서야 수면 위로 떠오르기 시작했다.

가을바람이 뺨에 스치는 감각을 즐기는 나는 내 인생에서도 세상에서도 별로 필요 없었다. 친구와의 대화에서 박장대소를 터뜨린 나는 양육자에게 신나게 말할 거리가 안 되었다. 물론 우수하지 않은 성적을 받았더라도 주변의 사랑하는 사람들에게 충분히 존중받았을 수 있다. 그렇지만 그래 본 적이 없는 나는 어른들이 제일 먼저 건네는 인사와 가장 강렬하게 인식되는 모습으로 주된 정체성을 삼았다. 사람들은 나를 공부 잘하는 아이로 대하면서 그들의 가장 좋은 표정을 지었기 때문에 그것이 내가 존중받는 이유라고 믿게 했다. 내가 받는 존중에는 이유가 있다고, 내가 받는 사랑에 이유와 목적이 있다고 생각해버렸다. '내'가 아니라 내가 '해내는' 것에 모든 좋은 것들이 주어진다고 여겼다.

어쩌면 이것은 인생이 만들어놓은 함정이었을지도 모른다. 엄밀히 말하면 내가 이것을 함정으로 만들었다고 해야 할지도 모르겠다. 가족과 사회 안에서 인정받았던 모습을 여러 정체성 중의 하나로 여기지 못한 탓일지도 모른다. 기질과 환경이 나를 한 방향으로 이끌었고 그 방향은 운이 좋게도 사회의 가치와 잘 맞아떨어졌다. 보상이 컸던 탓에 존중과 인정의 이유로 작용한 성취라는 조건을 나라는 사람의 전부로 삼았다.

성취는 우리를 어디로 데려갈까? 기쁨이자 자존의 양분이겠지만 순수한 충만함의 땅으로도 이끌 수 있을까? 성과를 중시하면서 성과주의에 빠지지 않으려면 무얼 조심해야 할까? 경쟁에서 앞서나가는 사람들은 오만해지고 뒤처지는 사람들은 굴욕을 겪는다고 《공정하다는 착각》에서 마이클 샌델은 지적한다. 그리고 오만과 굴욕은 하나의 세트가 된다고 덧붙인다. 우월감과 열등감이 실은 하나의 뿌리에서 나오는 것처럼. 누구나 상대적으로 앞서고 상대적으로 뒤처지므로 비교의 감정은 비교하는 사람의 것이 된다.

잘하면 내 덕, 못하면 내 탓. 우리는 끊임없이 이 메시지를 주입받는다. 내가 잘하면 돼. 여기서 잘하는 기준은 과연 어디일까? 우리는 얼마큼 잘할 수 있을까? 결과가 나에게 달렸다는 생각은 때로 희망을 갖게 하지만 대체로 자괴와 불안을 만들어낸다. 존재 가치가 능력에 따라 좌우된다는 믿음은 인간을 불안에 떨게 한다. 최상의 능력을 증명해내지 못하면 쓸모없는 존재가 될 거라는 두려움은 자신의 취약성을 감추려는 동기가 된다. 내 삶이 내 손에만 달려있다는 생각은 달리 보면 오만이고 결과적으로 타인과의 연결을 끊는다. 혼자서 해내야 한다는 압박을 만들어내고 너에게 도움을 청할 수도 없게 한다. 반대로 본다면 네가 잘해 내지 못한 건 모조리 너의 탓이 된다. 그러니 나는 너에게 손을 내밀 이유가 없어진다. 각자도생의 시대. 고립과 외로움의 시대. 자괴와 무시의 시대.

수치심은 성취를 밟고 서서 생겨났고 나는 성취로 수치심을 덮으려 노력했다. 그러나 성취에 집착할수록 점점 더 되어야만 하는 모습에 갇혔다. 한곳에 존재 가치를 몰아넣을수록 그것을 제외한 영역으로는 의미를 갖지 못하는 인간처럼 느껴졌다. 성취는 나를 기쁘게 했지만 동시에 두려움이었다. 절대로 잃으면 안 된다는 불안의 근원이었고 내가 받는 조건부 사랑의 절대 조건이었다.

무엇이든 중 제일 좋은 것

자식이 노동력의 일원인 농경 사회의 관습이 남아 있고 무엇보다 임신중단에 대한 지식도 없던 시절에 팔남매와 함께 자라며 양육자의 집중된 관심을 받기 어려웠던 윗세대와 달리, 농사가 '자식 농사'로 대체된 시대에 태어난 내 세대는 아마도 부모, 교사, 사회로부터 넘치는 기대를 받으며 자란 세대일 것이다. "너는 무엇이든 될 수 있어"라는 말을 들으며.

경제가 폭발적으로 성장하던 시기에 가정을 꾸린 윗세대들은 하루하루 달라져가는 사회적 조건과 삶의 변화를 피부로 느끼면서 장밋빛 꿈을 가졌을 것이다. 점점 더 나아질 수 있다고 믿고 정말로 나아지는 삶을 살

앉을 것이다. 국격이 상승하고 도로가 놓이고 신기술이 일상에 들어오고 회사에 충성을 다하면 보상이 돌아올 거라 믿고 집이 넓어지고 차가 커지고 그러면서 자식을 바라보며 생각하는 것이다. 너에게는 좋은 것만 줄게. 본인은 팔 남매와 함께 자라느라 누리지 못했던 것, 양육자의 관심과 물리적인 돌봄과 경제적인 지원을 아끼지 않겠다고 다짐한다. 하나 혹은 둘, 많아야 셋인 자식을 잘 키우리라, 그것도 나의 성취가 되리라, 내가 받지 못한 것을 너에게 주리라.

성공을 향한 희망과 야망만큼 실패에 대한 두려움도 커졌다. 양극화가 진행되며 부모들은 미래를 가장 강력하게 보장해줄 수단으로 학력에 매달린다. 학벌주의가 만연한 사회에서 자식의 성적표는 자식 농사의 결실이자 우리 가족의 미래다. 그러면서 진심으로 이렇게 믿는다. 너는 원하는 모든 게 될 수 있어. 의사, 변호사, 대통령, 유엔 사무총장, 무엇이든. 네가 원하기만 한다면, 너의 열정을 바치기만 한다면, 내가 제공해주는 환경에서 네가 노력하기만 한다면.

아버지는 내가 한국 최초의 여성 유엔 사무총장이 될 것이라 믿어 의심치 않았다. "우리 딸은 뭐든 될 수 있지. 네가 나중에 원하게 될 것이 무엇이든 그걸 하려면 지금 공부를 열심히 해야 한단다." 두 문장은 세트처럼 붙어 다녔다.

　나는 아버지의 칭찬에 으쓱했다. 뭐든 할 수 있고 뭐든 될 수 있어. 원하는 게 뭔지 아직은 모르지만 그게 대수야? 중요한 건 뭐든 할 수 있다는 거야. 나에게는 무궁무진한 가능성이 펼쳐져 있어. '원하는 것'이라는 모호하게 말랑거리고 알아내기 어렵고 성찰이 필요한 영역은 잠시 접어두었다. 그것은 미지의 영역으로 남겨두는 편이 더 설렜다. 무엇이든이라는 단어가 가슴을 뛰게 만들었다. 무한한 가능성. 나는 얼마나 커질까, 얼마나 대단해질까, 얼마나 멋져질까? 지금은 숨을 죽이고 있을 뿐, 어른이 되면 중요한 인물이 되어 이름을 날리고 사회를 바꾸고 굉장한 업적을 만들어내겠지? 희망이 넘실거리는 목소리가 어딘지 모를 곳에서 들려오는 듯했다.

　대학 입시가 끝난 후 우리 집은 나른한 평화에 빠져들었다. 나는 목표하던 대학에 입학했고 전공을 특정하지 않고 사회과학 계열의 전공들을 일 년여간 경험해본 뒤에 선택권이 주어지는 전형으로 진학했다. 그건 '무엇이든 될 수 있어'에 잘 어울리는 방식이었고 나는 제대로 알지 못하는 상태에서 전공을 고르지 않아도 되었으며 이제 예측이나 상상만으로가 아니라 실제로 경험하고 나서 진로를 선택할 수 있다는 생각에 설레는 중이었다.

거실에 손님이 와 있었고 나는 방에서 시간을 보내고 있었다. 밖에서 대화가 간간이 들려왔다. 크게 주의를 기울이지 않았지만 손님에게 입시 결과를 밝혀야 하는 순간이 온 건 알 수 있었다. 부모는 대수롭지 않은 듯하면서도 그 안의 자부심을 숨기지 못한 채 그러면서도 내게만 느껴지는 주저함이 묻어나는 말투로 대학 이름을 말한 뒤 덧붙였다. "상경대야?" 경영학과 경제학, 통계학 등을 아우르는 분과대인 상경대는 내가 들어간 학교에서 제법 알아주는 학과였고 통상적으로 취직이 잘되기에 잘나가는 분야라 할 수 있었다. 그리고 나는 상경대가 아니었다. 상경대는 사회과학 계열 안에 속한, 그러니까 일 년 뒤에 내가 선택할 수도 있는 분야일 뿐이었다.

'무엇이든'이라는 말 속에 특정한 방향의 기대가 있다. 그리고 나는 그것을 완벽하게 충족시킨 상태가 아니라는 것을 그때 알게 되었다. 나는 스스로 만족스러운 성취를 해내었지만 양육자에게는 충분하지 않았다. 양육자가 만들어낸 가상의 성취 앞에서 나는 좀 더 채워져야 하는 존재처럼 느껴졌다. 나는 외부에서 주어지는 기대에 무척이나 민감했고 특히나 그 기대가 성취와 관련된 것이었을 때 반드시 만족시켜야 할 것 같은 의무감을 가졌다.

그래서일까, '무엇이 됐든 내가 원하는 것'이라는 영역에 들어서면 나는 도무지 갈피를 잡을 수 없었다. 너무 많은 것을 손에 넣을 수 있다는 생각은 오히려 아무것도 손에 쥐지 못하게 만들었다. 섣불리 손을 뻗을 수 없었다. 정답이 정해져 있는지도 모르는 일이었다. 이게 무엇이든 중에 가장 좋은 게 맞을까? 과연 완벽한 선택일까? 내가 쥘 수 있었던 다른 것, 갈 수 있었던 다른 길을 바라보며 나중에 후회하게 될까 봐 망설여졌다. 무엇이든 될 수 있을 것 같았고 동시에 무엇도 될 수 없을 것 같았다. 가정과 학교와 사회는 내게 자유롭게 꿈꾸라고 독려했지만, 아무런 제한이 없는 무한대라는 우주에서 길을 개척해 어딘가에 존재할 나에게 꼭 맞는 행성을 찾아나가야만 하는 과제를 붙들고 나는 영원히 길을 잃은 기분이었다. 그리고 자유의 땅에서 갈피를 잡지 못하고 헤매는 내 모습이 부끄러웠다.

예쁘게 포장된 선물 상자 수백 개가 앞에 놓여 있는 기분이었고 그중에 하나를 선택하는 순간 나머지 모두를 잃게 된다는 사실에 나는 압도되었다. 허허벌판에서 첫 발걸음을 잘못 떼어버릴까 봐, 자칫 모자란 길로 들어서버릴까 봐, 그래서 정답을 맞히지 못하게 될까 뵈겁이 났다.

고등학생 시절 문과와 이과 중에 선택을 해야 했을 때, 우리 가족은 안방에 둘러앉아 가족회의를 열었었다. 나는 문과도 갈 수 있고 이과도 갈 수 있는데, 무얼 선택하고 무얼 버릴 것인가. 그날 가족회의에 앉아 있던 열일곱의 나를 감싸던 것은 어떤 기대감, 미래를 정한다는 설렘, 중요한 결정을 앞둔 흥분과 함께 그 이면에서 희미하게 떠오르던 막막함과 절망, 양옆을 둘러싼 양육자에게 최고가 아니라는 실망을 안길 수 없다는 강박, 어떤 가능성도 손에서 놓고 싶지 않던 불안, 세상의 절반이 잘려나가는 것을 바라봐야 하는 초조함, 처음 겪는 제한이 풍겨오는 불행의 냄새였다.

아마 신호였을 것이다. '무엇이든'이라는 땅에서 제

대로 된 선택과 성취를 해내지 못하면 바로 '아무것도' 라는 절벽 아래로 떨어지고 말 것이라는 본능적인 예감 이었을 것이다. 유엔 사무총장이 되지 못한다는 걸 깨닫게 되는 날, 필연적으로 나는 아무것도 아닌 사람이 되어버리고 만다는 무의식적 깨달음.

　무엇이든 될 수 있는데도 아주 좋은 무언가가 되지 못하면 그것은 고스란히 부족함을 폭로하는 일이 될 것이었다. 될 수 있는 것 중 최고로 멋지고 좋은 것이 되어야 한다는 압박에 시달렸다. 무엇이든 가치 있는 것, 무엇이든 의미 있는 것, 무엇이든 세상에서 인정받을 만한 것, 무엇이든 높이 올라가고 많이 벌 수 있는 것, 바로 그 무엇.

　내가 특별한 사람이라는 모래성이 맥없이 무너지는 날, 보통 사람이 아니라 가장 못난 사람이 되어버리고 말 거라는 것을 희미하게 눈치채고 있었다. 그러니 정말로 많은 것이 정해진 것 같은 어느 날, 내가 무엇이 되었는지가 희미하게 보이기 시작하는 시기, 진로가 정해지고 수입이 수치로 드러나고 무엇이든이라는 무한대의 희망에 몸을 기댈 수 없는 어엿한 사회인의 날이 시작되면서 수치심이 드러나기 시작한 건 그럴 법한 일이다.

*

양육자의 기대가 힘이 셌던 것은 그것이 세상의 기대와 정확히 일치했기 때문이었다. 세상에게 나는 여전히 부족하고 아직 채워나가야 할 존재였다. 그 말을 떨쳐버리려 애썼지만 막상 전공을 선택하는 기로에 섰을 때 가정에서 내게 갖는 특정한 방향의 기대, 세상에서 인정받을 수 있는 방향에 대한 생각을 떨칠 수 없었다. 상경대에 가야 내가 가치 있어질 것 같은 느낌, 그래야 떳떳할 수 있을 것 같은 기분, 가질 수 있는 것 중 최상을 손에 넣지 않으면 손해 보는 느낌, 결정적으로 지금의 나로는 충분하지 않다는 감각에 사로잡혔다. 나는 심리학 과목에 흥미를 느꼈지만 심리학과인 나를 상상하기 어려웠다. 상경계열 안에서 골라야 한다고 느꼈다. 그중에서 가장 인정받는 학과는 단연 경영학과였다. 자발적으로 그리고 필연적으로 경영학과를 선택했다. 내가 가질 수 있는 것 중 최상이었다.

성취라는 괴물은 도무지 만족을 모른다. 상경대에

진학한 것으로 끝나지 않으리라는 것을 당시의 초조한 나는 눈치채지 못했다. 성취라는 그릇은 밑 빠진 독과 같아서 아무리 물을 부어도 가득 채울 수 없는 것을. 독을 채우려 노력하면 할수록 갈증과 허기에 시달린다. 대학 입시가 끝나도 학점, 자격증, 취업, 연봉, 승진… 이 레이스는 결코 끝나지 않는다. 객관적 성취라는 독 앞에서 우리 모두는 언제나 부족한 존재가 될 뿐이다. 자신에게 친절하고 상냥한 태도 같은 걸 발달시킬 틈은 사치일 뿐, 잘해봤자 어르고 달래는 태도가 최선이고 그것의 목표마저도 나를 다시 레이스 위로 책상 앞으로 시험장으로 점수판 위로 데려다 놓는 것이다. 자기확신이나 충만감 같은 것을 모두 제거해버리는 장소로 말이다. 성취는 단 한 번도 나를 가득 채워준 적이 없다. 그것에 나 자신의 존재 가치가 모조리 달려 있다는 압박속에서는 더구나 그랬다.

소녀들의 자기부정

세상이 믿어주는 나의 장래는 밝았다. 그러나 나는 왠지 모르게 온 세상이 웃는 얼굴로 앞길을 축복해주는 것처럼 느끼면서도 한편으로는 미미하지만 완전히 무시해버릴 수 없는, 마음 한구석에서 나 자신이 정말로 중요한 사람이 될 수 있을지에 관한 희미한 자기의심이 싹트는 것 또한 느꼈다. 그 느낌은 아무도 모르게 소리 없이 낮게 깔리는 유독가스처럼 천천히 그러나 빈틈없이 주위를 둘러싸고 있었다.

변함없이 성취는 중요했으나 대학에 들어서자 이전과는 성질이 조금 바뀌었다. 수업 중 뛰어난 학생이 두드러지는 순간이란 시험 점수보다는 과제를 수행하고 발표하는 모습으로 대체되었다. 뛰어난 여학생은 꼼꼼하고 깔끔하게 과제를 수행하고, 논리정연하고 똑 부러지게 발표했다. 뛰어난 남학생도 과제 수행이나 발표를 잘하지만 잘하는 느낌이 뭔가 달랐다. 청중을 휘어잡고 분위기를 장악하고 발표의 템포를 조절하고 뛰어난 여학생 쪽에 비해 좀 더 여유롭고 능수능란한 느낌을 풍기는 것이다. 그건 개인의 특성이거나 남학생이 군 휴학 등으로 인해 더 나이가 많아서 생긴 연륜 등 여러 이유가 있겠지만 내가 주목한 건 청중이 발표자에게 으레 기대하고 예상하고 수용하는 태도가 성별에 따라 달라지는 듯한 분위기였다. 청중의 반응을 이끌어내거나 조절하려는 시도에서 남학생에게는 좀 더 관대하고 협조적인 반응이 나오는 반면, 여학생의 경우 그러한 방면에서 정말로 뛰어난 재능과 기량을 가지지 않는 한 반응을 이끌어내기 쉽지 않았다. 역량 면에서 크게 차이가 나지 않는 여학생과 남학생이 점점 시간이 흐르고 학년이 높아지면서 조장과 발표를 맡게 되는 횟수에 차이가 생겨나는 점 또한 발견했다. 과제를 함께 하는 입장에서도 여학생보다 남학생이 전체 키를 쥐고 일을 분배하고 때에 따라서는 지시하는 편을 좀 더 자연스럽게 받아들이는 경향이 있었다. 뛰어난 여학생보다 뛰어난 남학생에게 중요한 역할이 주어지는 경우가 많았고, 실수를 해도 그 사람의 본질에 대한 평가가 덜 깎이고 다음 기회가 좀 더 주어지는 점 또한 한쪽 성별에 치우쳤다.

여기에서 문득 나는 어린 시절의 한 장면을 떠올린다. 사춘기가 시작되기 전의 나는 뛰어난 남학생의 모습에 가까웠다고 기억한다. 초등학교 3학년 때 반장이었던 나는 월요일마다 열리는 학급회의를 진행하고 회의록을 작성하는 임무를 맡았다. 교탁 앞에 서서 회의 주제를 정하고 학생들의 의견을 받고 종합하는 일을 꽤 신나게 했던 기억이 있다. 그건 마치 내가 교사가 된 듯한 느낌, 혹은 자리에 앉아 있는 아이들보다 한 단계 위에 있는 듯한 느낌을 주었고, 그러한 권위의 감각은 왠지 흥분되고 얼굴이 붉게 상기되는 고양감이었다.

그날도 회의를 주관하고 있었다. 특별한 일 없이 지나갈 한 주였다. 마땅한 의견이 없자 나는 평소 우리 반에 필요하다고 생각했던 목표를 회의 주제로 크게 적었다. 회의를 빨리 마치고 싶었다. 내 생각에는 어려운 일이 아니었다. 어느 순간 다른 학생들의 의견을 듣는 것에 소홀해졌다. 주제에 관한 목적과 전략은 이미 머릿속에 있었다. 학생들은 아니, 실은 친구들인 그들은, 내 머릿속의 정답을 맞히지 못하고 있었다. 한 학생이 손을 들고 의견을 제시하면 그것을 내 생각에 비추어 판단했고 그에 맞게 바꿔서 "이런 뜻이라는 거죠?"라며 칠판에 적었다. 친구들은 발표자의 말과 조금씩 때로는 아예 다르게 적는 내 모습에 웃음을 터뜨렸다. 반쯤 진심이고 반쯤 장난 같은 시간이었다. 목표 1, 2, 3, 행동 지침 1, 2, 3, 의의와 주의점까지 그런 식으로 진행되자, 칠판 아래쪽에 필기를 하기 위해 몸을 구부리고 있던 나에게 누군가가 소리쳤다. "이 독재자!" 반 아이들이 와하하 웃음을 터뜨렸다. 마지막 문장에 마침표를 찍은 후 하얀 분필을 내려놓으며 나는 만족스럽게 웃었다. 동시에 마음속에서 설명하기 어려운 묘한 감정이 생겨났다. 가슴이 간질간질했다. 그것은 권력의 맛이었다.

　반장의 역할과 태도와 관련하여 바람직한 사례는 아니지만 당시 또래 사이에서의 내 모습과 그 안에 힘 있게 존재하려는 나의 욕밍을 상징적으로 보여주는 일화다. 초등학교 반장이라는 역할이 그리 어렵거나 까다롭지 않았고 추상적이거나 복잡한 사고 능력을 요하지 않았지만, 그런 것에 비해 느끼는 힘은 컸다.

리더십이라기에는 달콤한 부분만 쏙 빼내어 누린 치우친 경험이었지만 더 알아가고 싶었다. 체계화와 조직화, 방향을 제시하고 동기를 부여하고 흐름을 조정하는 일들을 배우고 싶었다. 뭔지 모를 좋은 느낌을 계속해서 느끼고 싶었고 삶에서 그 느낌이 좀 더 확장되기를 바랐다. 나는 대부분의 임무를 잘 수행했고 내게 일을 맡긴 교사들은 만족했다. 친구들은 나를 좋아했고 같은 반이 되었을 때 나를 다시 반장으로 뽑았다. 투표에 나가 당선되는 기분도 좋았고 선거에 앞서 우리 반을 위해 이런 역할을 할 것이라고 내 나름의 포부를 밝히는 순간도 좋았다. 책임과 권한을 동시에 느꼈으나 책임마저도 힘으로 느껴졌다. 책임이 있다는 사실은 바꿔 말하면 그만큼 중대한 일을 맡았다는 뜻이었다. 천하를 호령하고 싶었고 그건 어려운 일이 아니게 느껴졌다. 잘해낼 수 있다는 믿음과 경험치에서 나온 자신감이 있었다.

그렇다, 나는 나에 대한 믿음이 있었다. 지금으로서는 도무지 내 안에서 찾아지지 않는 그것은 절대로 경험한 적 없는 무언가가 아니다. 애초부터 결핍된 것도 아니다. 신기루도 아니고 환상도 아니며 닿을 수 없는 꿈도 아니다. 분명히 존재했었다. 자기확신과 자존감의 감각이 나를 나로 살게 했었다. 그것이 언제 어떻게 사라져버렸는지를 추적하는 것은 나 자신의 타고나거나 발달시킨 성향, 내가 받아왔던 반응과 시선들, 이 사회의 공기, 눈에 보이지 않는 성별 규범과 기대와 압박, 사회문화적인 환경이 개인과 어떻게 상호작용하는지에 관하여 살펴봐야 하는 일일 것이다.

*

사회화와 사춘기의 합작이 본격적으로 시작되기 전 나의 황금시대였던 시절은 서툴지만 권위와 리더십, 주장과 타협, 다른 사람들과 조화롭게 어울리면서도 주도적으로 문제를 해결해나가는 전략에는 어떤 것이 있는지 등을 찬찬히 탐색하는 발걸음이었다. 특히나 공적인 위치에서 맺는 관계와 여럿이 모여 있을 때 내가 어떤 역할을 하고 싶은지를 알아나가며 균형 잡힌 역할 수행을 배울 수 있었을 시기이다. 그런 경험을 지속할 수 있었다면 말이다. 그랬다면 나는 시행착오를 겪으며 좀 더 복잡 미묘한 문제를 맞닥뜨리고 주변의 보호자나 교사

나 친구들의 도움을 받아들이며 결국에 문제를 해결하는 소중한 과정을 겪었을 수도 있다. 그런 점에 흥미를 가질 만한 충분한 기질을 갖고 있었고 배움의 씨앗이 무럭무럭 자라날 수 있는 비옥한 토양 또한 갖고 있었으며 적어도 그때까지는 배움의 토양을 따사롭게 비춰주는 햇살 또한 주변에 존재하고 있었다. 그로 인해 나는 나를 믿어줄 수 있었다. 그 믿음은 혼자 만들어낸 것도 아니고 어느 날 갑자기 어디선가 나타난 것도 아니었다. 여러 일을 해내며 신뢰의 눈빛을 받고 내가 나를 드러냈을 때 긍정적으로 해석되는 시간들을 통과하며 자연스레, 그러나 실은 무척 희귀하고 소중하게 만들어진 것이었다.

내가 단단하고 선명한 자기확신을 갖고 살아가는 소녀인 것에 누구도 의문을 제기하지 않았던 시절이었다. 드물게도 내면의 경험과 외부의 인식이 어긋나지 않았던 평화로운, 아마도 어떤 식으로든 성공이 위협이 되기 전의 소녀 시절이었기 때문에, 세상이 나를 그저 축복하는 눈빛으로 바라볼 수 있었던 시기였다. 무엇이든 할 수 있다는 걸 진정한 몸의 감각으로 믿었고 외부에서도 자비롭게 격려해주었다. 세상이 자연스럽게 받아들여주는 자신이란 자기의심의 씨앗이 애초에 싹을 틔울 수 없을 만큼 건강한 성질의 토양을 갖는 일이다.

혼란도 없고 균열도 없고 해리도 없었다. 다른 사람에게 어떻게 보이는지가 아니라 내가 무엇을 하는지를 더 중요하게 여길 수 있었다. 왕따를 주도하는 친구와 싸우고 그에 동조하는 절친한 친구에게도 잘못이라 말하며 선을 긋는 데 전혀 주저하지 않았던 것 역시 내가 생각하고 느낀 것을 믿었기 때문이다. 옳다고 믿는 것에 나를 내맡길 수 있었다. 믿는 대로 살 수 있었고 행동의 결과를 받아들일 용기가 있었다. 그때만큼은 나를 보는 나도 존재하지 않았다. 나를 바라보는 대신 외부와 세상과 타인을 바라보았기 때문에 내가 이상해 보이지 않는 것, 튀지 않는 것, 배제되지 않는 것이 자아의 최대 목표가 되기 전이었던 것이다.

원한다면 정말 무엇이든 할 수 있을까? 거기까지 가는 길은 꽃밭일까, 지뢰밭일까? 얼마큼의 기회와 응원이 따라올끼? 이런 질문을 간직하게 된 것은 이후의 일이었다.

아무것도 되지 못할 거라는 공포

　글을 쓸 때마다 나는 자신을 심각하게 의심한다. 글쓰기만큼 나를 이렇게까지 황홀하게, 또 이렇게까지 침울하게 만드는 것은 없다. 황홀은 짧고 침울은 길고 간혹 운이 나쁠 때는 끝도 없는 절망이 찾아온다. 절망은 경계를 무너뜨리고 나를 흐물거리는 액체로 바꾸어 끝없이 아래로 아래로 흘러내리게 만든다.

　나는 결코 좋은 글을 쓸 수 없을 거야.

　이 글은 아무 쓸모도 없어.

　얄팍하고 부족하고 어리석은 내 모습만 드러낼 뿐이야.

이렇게 되어버리면 더는 한 문장도 나아갈 수 없다. 그러니까 지금 나는 수치심에 관해 쓰면서 수치심과 싸우고 있다. 내가 쓰는 글이 아무 의미도 갖지 못하고 아무런 가치도 만들어내지 못한 채 나도 명확히 알지 못하는 바닥을 온 세상에 드러내버리고 말까 봐 두려움에 떤다. 지금 내면에서 들려오는 목소리는 진실이 아니고 곧 지나갈 것이며 누구나 하는 고민이지만 내게는 수치심이란 존재가 있어 어쩌면 더 증폭되고 있는 것뿐이라고, 아무리 다독여봐도 끝끝내 내가 아무것도 아닐지도 모른다는 공포는 실존을 위협하는 무엇이다.

나는 결국 아무것도 되지 못한 채 끝나버릴 거야.

희고 불투명한 젤리처럼 물컹하게 심장을 감싸고 있는 비관은 때로 무시무시할 만큼 또렷한 문장이 되어 나를 선 채로 얼어붙게 만든다. 비관에 관해서라면 경험과 실천이 풍부한 준전문가인 나조차도 수치심을 당해내지 못한다. 미처 알아채기도 전에 의식 속의 어둠 한 톨까지 찾아내는 성능 좋은 탐지기가 되어 저토록 완벽한 문장으로 만들어낸다. 어떤 근거로도 반박해낼 수 없는 무소불위의 문장을 말이다.

내가 아무것도 아닐지도 모른다는 상상, 시간이 지

나도 무엇도 되지 못할 거라는 상상에 나는 몸을 떤다.

> （때로 정신을 차린） 나1: 그런데 꼭 무언가가 되어야
>   하나?
> （수치심에 잠식된） 나2: 이론상으로는 아니겠지만… 그
>   생각을 떨칠 수가 없어.
> 나1: 그럼 되고 싶은 무언가가 있어? 애초에 무언가가
>   뜻하는 게 뭔데?
> 나2: 글쎄. 명예, 부, 업적… 아니면 인격, 애정, 인정,
>   중요한 존재가 되는 것?
> 나1: 그렇게 많은 것을 한꺼번에? 중요하다면 대체 누
>   구에게?
> 나2: 몰라, 그냥 무조건 멋지고 좋은 무언가!

특별한 사람이 되기를 끝없이 바란다. 누군가에게
특별하기를, 모임에서 특별하기를, 사회에 특별하기를.
그리하여 바라는 것은 자신의 특별함을 확실하게 믿는
것이다. 아무리 봐도 효율적인 길은 아니다. 자신을 긍
정하기 위해서 사회에서 특별한 인정까지 얻어내야 한
다. 스스로 존재 가치를 확신하지 못해서 내가 아는 모

두가, 내가 모르는 이들까지도 나의 가치를 알아주기를 바라는 것이다. 세상 모든 사람들에게 확인시키고 나면 휴, 이제 됐다, 싶을까? 그렇게 되면 드디어 마음을 놓고 난 괜찮은 사람이라고, 존재할 자격이 있다고 스스로 다독여줄 수 있을까?

아무 존재도 아니라고 생각하면서 동시에 정말로 아무 존재도 아닐까 봐 두려움에 떨고 있다. 아무것도 아니라고 이미 수치심의 심장에 깊이 새겨 놓았으면서 "정말로 그렇진 않지?"라고 다른 사람을 붙잡고 애원하고 싶다. 누구의 말에도 안심하지 못할 거면서 누구라도 그렇게 말해주길 하염없이 기다린다. 중요한 일을 해내고 남에게 도움을 주고 의미 있는 말을 하려고 노력하면서, 어떻게든 증명하려 노력하면서, 그러지 않으면 초라한 자신을 마음속에서만이 아니라 세상 속에서 재차 확인하게 될까 봐 두려움에 질식할 것 같은 기분으로 애를 쓰고 있다.

"넌 존재 지체로 소중해"라는 말은 내게 아무런 위로가 되지 않는다. 왜냐하면 이 말이 성립하려면 내 존재를 소중히 여겨주는 무언가가 있어야 하니까 나는 그런 사람이나 환경을 찾아 헤맬 것이고 내가 존재 자체로 소중할 만한 사람이라는 것을 증명하는 데에 또 목을 맬 것이다. 그러니까 존재는 그냥 존재할 뿐, 소중할 것도 소중하지 않을 것도 없다고 생각하는 편이 오히려 마음 편하다. 그러니까 존재 가치라는 거 애초에 없는 것으로 해버리면 어떨까. 존재는 가치중립적인 것이라고 말이다.

존재 가치를 찾기 위해 벌겋게 상기된 두 눈을 슬며시 닫아보는 것이다. 무얼 한다고 가치가 있는 존재가 되고 무얼 하지 못한다고 가치 없는 존재가 되는 그런 공식이 아니라는 생각을 해보는 것이다. 그저 존재할 뿐이야. 무엇도 증명할 필요가 없어. 설득해낼 필요가 없어. 그래, 바로 나에게 말이야. 나에게는 언제까지라도 나를 증명해낼 수 없잖아. 차라리 증명하기를 포기해버리면 어때?

어린 시절을 보냈던 방에는 하얀 커튼이 달려 있었다. 여름이 지나갈 무렵마다 새끼손톱의 반의 반만 한 날벌레가 달라붙어 있곤 했다. 쌀에서 나오는 벌레라고 하는데 신기하게 징그럽지가 않았다. 자세히 들여다보면 날개가 있지만 날아다니는 모습은 보지 못했고 오랫동안 한자리에 붙어 있는 모습만 발견할 수 있었다. 별일 없으면 거의 온종일, 고개를 들 때마다 그저 앉아 있는 녀석들이 눈에 들어온다. 자는 건지 쉬는 건지 살았는지도 알아볼 수 없는 벌레가 한자리에 머무르는 것을 보면서 생각했다. 저렇게 존재하는 생명체도 있구나. 자연에는 특별함도 별 볼일 없음도 없겠지. 아무것도 아닌 존재가 되어버릴 거라는 공포도 이해할 수 없는 것이겠지. 그들에게 의미란 '지금' 그리고 '여기'뿐일 것이다. 시간이 되면 나무는 어김없이 우거진다. 꾸준하고 의연하게 존재한다. 자연 같은 사람이 되고픈 바람은 수치심을 벗어버리고 싶다는 마음과 이어져 있다.

한곳에 가만히 앉아 있는 쌀벌레와의 깊은 동질감과 특별해야만 한다는 거대한 압박 사이에서 길을 잃고 헤맨다. 그래서 원하는 게 가만히 있고 싶은 거야, 특별해지고 싶은 거야? 아무것도 아닌 존재가 될까 봐 벌벌 떨면서 사실 진심으로는 자신이 아무것도 아닌 존재라고 생각하잖아? 타인의 모순에는 인간적이고 입체적이고 흥미로운 일면이라며 열광하면서 자신의 모순은 받아들이지 못한다. 니는 **특별**하고 완벽한 사람이어야 해. 결함이 있다면 모조리 고쳐야 해. 아무런 모순도 없이 표면이 윤기 날 만큼 매끄러운 사람이 되자. 그러지 못하면? 여기를 벗어나야 해, 도망쳐야 해.

주류 되기와 도망치기

도망치기의 사례들은 어떤 심리학자의 눈에는 내가 나 자신을 적절하게 보호하고 지키기 위해 택했던 전략, 그리 바람직하지는 않아도 비난할 수는 없는 내 나름의 방략으로 보일지도 모른다. 실제로 도망치기를 통해 내게 맞지 않는 환경이나 부딪칠 거라고 예상한 위험들로부터 나를 구해내기도 했다. 그러나 지금 돌아봐도 도망치기를 잘했다고, 거기에서 나는 아마도 역량을 펼치지 못했을 거라고 평가하는 첫 회사만이 아니라, 처음으로 선택했던 전공, 강한 확신을 갖고 입사한 또 다른 회사, 이들로부터 자꾸만 도망쳐 나온 궤적을 돌아보면서 다른 사람에게 그럴듯한 설명으로 이해시키고 돌아서는 순간 마음 깊숙한 곳에 집요한 의문이 남는 것이다. 혹시 나는 도망치는 사람인 게 아닐까?

경영학과에 들어가기 위해 노력을 기울이는 동안 진정으로 원한다고 생각했다. 세련되고 딱 떨어지는 학생들, 기업인의 이미지를 풍기는 교수들, '인적 자원'인 사람이 최대한의 '생산성'을 내도록 '관리'하는 법을 배우는 수업들은 그러나 상경대 건물의 매끈한 대리석 바닥처럼 어딘가 미끌거렸다. 분명 재밌어 보이던 과목들이 알아갈수록 비인간적이고 덜 중요한 것처럼 느껴졌다. 기다란 책상에 나란히 앉아 있는 사람들과 동료라는 느낌을 갖기 어려웠다. 수업에서 만난 우리는 공동의 목표를 위해 각자 할 일을 나누고 정확하게 해내고 미련 없이 헤어져 한 학기만 지나도 얼굴과 이름이 가물가물한 사이가 되었다. 금융이니 컨설팅이니 증권이니 하는 나중에 실질적인 도움이 될 거라고 예상할 수 있는 학회들의 현수막을 무심히 지나쳐 상경대 건물을 빠져나온 나는 학생회관과 중앙도서관 근처를 서성거렸다. 그곳이 비로소 내가 있어야 할 곳이라고 느꼈다.

깔끔한 외양과 깔끔한 성격의 사람들 사이에 내가 어울리지 않는다고 느낀 걸까? 나도 모르게 주눅이 든 걸까? 단지 내가 흥미롭게 여기는 것과 다른 방향의 가치를 추구하는 곳이라는 걸 알아가는 자연스러운 과정이었지만 내가 두각을 드러낼 수 없을 것 같다는 느낌 또한 있었다.

그 와중에 마케팅은 처음으로 흥미가 가는 과목이었다. 지갑을 열기 위함이지만 어쨌거나 사람의 마음을 열려고 노력하는 건 '인적자원관리'니 '생산관리'에서 들리는 것만 같은 기계음이 아니라 좀 더 말랑한 느낌이었고 진짜 중요한 것에 한 발 다가간 기분이었으며 드디어 마음 붙일 곳을 찾은 느낌이었다. 소비자 연구에 관해 더 알고 싶어 수강 편람을 뒤지다가 비슷한 이름의 심리학 수업을 발견했고 경영학에서 배운 것과 유사한 내용을 다루는 수업들을 몇몇 만났다. 다음 학기에 심리학 과목을 두어 개 신청했다.

사람의 마음을 과학적으로 들여다보는 심리학은 차창 밖 행인에게까지도 관심과 호기심을 두는 나에게 안성맞춤인 학문이었다. 나는 왜 이럴까? 너는 왜 그럴까? 인간의 마음을 이해하고 분석하기 위한 가장 과학적인 방법을 배우면서 나는 처음으로 학문의 순수한 즐거움을 맛보았다. 낡고 오래된 건물, 헐렁한 캐주얼 차림의 친근한 교수들, 어딘가 조금 흐트러져 있고 서로 정겨워 보이는 학생들, 심리학과가 있는 인문대 건물로 다가갈수록 숨통이 트였다. 인문대 근처에는 오래된 나무가 많아서 편안하게 그늘을 내려주었고 커다랗고 빽빽한 나무 사이로 시원한 바람이 불어왔다. 윤이 나는 대리석이 아니라 보드라운 흙바닥을 거쳐 투박한 시멘트 바닥을 밟으면 나는 걷다가 자칫 발이 미끄러져 웃음거리가 될 걱정은 잠시 내려놓아도 되었다.

소속감은 애초에 중요하지 않았다. 속해 있다는 건 나에게 안정보다 핍박에 가까웠다. 꼼짝없이 속해야 하는 곳에서 나는 꼼짝없이 잘해 내야만 하니까. 속한다는 것은 일부라는 것이고 일부라는 것은 구성원이라는 것이고 구성원이라면 두각을 나타내야 한다. 일개 구성원이 아니라 우두머리, 적어도 우두머리 그룹에는 들어야 한다. 그렇지 못하면 그만두는 게 낫다. 경쟁을 부추기는 말들에 나는 속으로 강하게 반발했지만 (그냥 즐겨도 되잖아? 작은 일부여도 상관없잖이? 내가 즐거우면 그만이잖아?) 그러한 가치판단이 내면화되는 것을 막지 못했다. 그건 온 세상에서 외쳐대는 말이었고 이 사회의 능력주의와 나의 자기애적 성향과 그로 인한 수치심이 뒤섞여 소용돌이치듯 주류 되기에 대한 압박을 만들어내었다.

*

그렇지만 세계에서 주류가 된다는 건 그 자체로도 어렵지만 대체로 남자들이 패권을 잡고 있는 남성중심 사회에서 여성으로서 특히나 꽤 많은 장벽에 부딪치는 일이다. 여자의 성취나 성공을 고깝게 바라보는 시선, 실력을 인정하기보다 다른 외부적 요인을 찾으려는 시도, 그 여자의 성격이나 태도, 다른 삶의 영역에서의 문제점을 찾는 데 더 골몰하는 관심들은 우리 주위에 강력하게 녹아들어 있다. 그리하여 주류가 되려 할 때 혹은 그런 의도가 없더라도 나의 성취는 양껏 받아들여지지 않고 그런 곳에서의 주류 되기란 내 말이 의견보다 감상처럼 여겨지는 것을 바라보다가 웬만해서는 들리지 않을 목소리를 배꼽에서부터 끌어올리는 용기가 필요한 일이다.

남초 회사에 신입사원으로 입사했을 때 나에게는 멀쩡한 책상과 의자, 적절한 컴퓨터와 일거리가 주어졌으나 왠지 모르게 그 자리가 내 자리라는 느낌을 갖기 어려웠다. 책상은 나에 비해 넓은 것 같아 자리에 앉아 있을 때면 과하게 광활하다는 생각을 하다가 자료 몇 개만 올려놓으면 금세 비좁아져서 속까지 갑갑해졌다. 가방을 들고 퇴근하고 나면 그 자리는 아무도 모르게 사라졌다가 내가 가방을 들고 다시 출근하면 겨우 슬쩍 나타나는 상상을 했다. 내 책상과 의자는 변치 않는 물성을 지녔다기보다 언제든 흔적도 없이 사라지고 존재감이 지워지고 때에 따라 투명이 되어버리는 무언가처럼 느껴졌다.

여자로 살면서 내 몸으로 자리를 차지하고 확장하는 일은 자주 벽에 부딪쳤는데 물리적으로("다리 오므려야지" "산만하게 굴지 말고 얌전히 행동해") 신체적으로("밤늦게 돌아다니지 마" "여자애가 어딜 그렇게 아무렇게나 누워 있어" "겁도 없이 어딜 여행한다고 그래") 제한받았고, 그것은 지위나 활동에도 적용되었으며("남자가 회장 하고 여자가 부회장 하는 게 보기 좋지" "나대지 말고 뒤로 물러나" "겸손하게 양보해야지") 심지어 말소리에까지("기차 화통 삶아 먹었니?") 달라붙어 나를 주저앉히고 끌어내렸다.

밤마다 사라지는 회사 책상을 어떻게든 끌어안고

버티기보다 의자를 박차고 일어나 책상을 버려버린 건 적성과 성향에 맞지 않은 업무와 환경 때문이기도 했지만 무엇보다 그곳에서 주류가 될 자신과 가능성이 없어 도망친 것인지도 모른다. 천하를 호령할 야망을 펼치려 할 때 마주할 시선과 평가로부터 도망친 것인지도 모른다.

한편으로는 주류가 되지 못하는 부끄러움과 또 다른 종류의 부끄러움이 바로 주류 되기를 달성했을 때 내려졌다. 대학에서 들어간 동아리에 나는 열의와 애정을 가졌고, 의견을 내고 회의를 진행하고 행사를 여는 데 열심인 과정에서 나의 의견대로 일이 진행되기도 했을 것이다. 그게 누군가의 눈에는 많은 지분으로 보였을지도 모른다. 남자의 의견을 따르는 것에는 별생각 없다가 여자의 의견을 따르는 순간에는 문득 성별을 강하게 의식하게 되었을 수 있다. 고깃집에서 회식을 하다가 옆의 집게를 빌리려 했는지 빌려주려고 했는지 어쨌든 무언가 대화가 오고 가던 중에 한 후배가 지나가듯이 말했다.

"그래요, 다 누나 뜻대로 되어야 하니까."

나를 흑막이라거나 어둠의 조종자 같은 이름으로

부르던 것도 아마 다 같은 뜻이었을 것이다. 회장을 포함한 다른 사람들이 결국에는 내 뜻에 따른다며 우스갯소리처럼 붙은 별명이었는데 나는 도무지 이해할 수 없었다. 모두가 모여 있는 회의 자리에서, 니 또한 부회장이라는 직함을 달고, 그것과 별개로 다 같이 의견을 내며 민주적으로 논의했으며 내 의견대로 일이 진행될 때란 대부분의 구성원들이 그에 뜻을 같이 하거나 설득되었을 때이고, 그렇게 된 것을 다들 모르는 것도 아니면서 마치 내가 은밀하게 결정권자인 회장을 불러내서 그를 구워삶든 협박을 하든 어쨌든 정당하지 못한 방법으로 교묘하게 동아리를 내 뜻대로 주물럭거리는 것처럼 말하는 것을 이해할 수 없었다.

동아리에서 일부 사람들의 비호감을 사는 것 정도야 아무 일 아니지만 만약 그게 동아리가 아니라 직장이라면? 매일 내가 몸 담고 생활하며 성취와 기여에 관해 제대로 인정받아야만 하는 곳이라면? 나는 주류가 되어야 할까, 주류가 되지 밀아야 할까?

주류에 대한 모순된 메시지가 나를 한곳에 느긋하고 진득하게 머물지 못하고 자꾸만 새로운 곳을 찾아 떠나게 만들었을까? 나는 주류가 되지 못하는 것도 겁내지만, 막상 주류가 되는 것도 어쩌면 만만치 않게 두려웠을까?

자리 차지하기에 대한 미묘한 감각은 오랫동안 나를 따라다니고 있다. 얼마 전에 한강을 따라 달린 날, 땅을 밟아 가는 감각이 내가 이곳에 속해 있다는 증거처럼 느껴졌다. 딛는 걸음마다 마치 땅따먹기처럼 영역을 넓혀가는 기분이 들었다. 그때 바로 그것이 내게 절실하게 필요하다는 걸 깨달았다. 뺏기지 않고 비난받지 않을 단단한 나의 땅, 나의 자리가. 한자리를 차지하고 싶은 욕구 안에는 자리를 가지는 것 자체에 대한 불안이 도사리고 있다. 자리가 없다면 쉽고 빠르게 떨어져 나가버릴 것만 같은데 그렇다고 자리를 차지하게 된다 해서 평온을 얻을지는 장담할 수 없기 때문에. 그리하여 자리를 차지하고 싶은 욕망이란 확신을 갖고 싶다는 뜻이다. 내가 여기 떳떳하게 존재할 이유가 있다고 스스로 되뇌며 자꾸만 도망치려는 나를 달랠 만한 확신을.

좋은 영화를 만들 자신 같은 것

　자주 막막했다. 어떻게 살아야 할지, 무엇을 추구해야 할지, 마음이란 게 수없이 많은 갈래로 나뉘는 기분이었다. 책을 찾아 읽어도 이 사람만큼 잘할 수 있을까 막막했다. 인터뷰와 강의에 나오는 사람들은 죄다 성공한 사람들이고 자기의 길을 찾은 사람들이고 자기모순이나 갈등 같은 건 이미 해결했거나 적어도 그렇게 보이는 사람들이었다. 그래서 주변 친구들을 찾아다니며 너는 꿈이 뭐야? 니는 어떻게 살 거야? 묻고 다녔다. 그날도 영화감독을 꿈꾸는 친구를 만나 고민을 물었을 때였다. "너는 무지막지하게 어려운 영화 이론서를 볼 때나 기가 막히게 좋은 영화를 볼 때 막막하지 않니?" 그러자 친구가 대답했다. "나는 좋은 영화를 만들 자신이 있어."

　살면서 내가 갖고 싶던 건 이런 종류의 느낌이었다. 그가 결국 좋은 영화를 만들었는지 아닌지는 상관없다. 내가 갖고 싶은 건 정말로 좋은 영화를 만들어내는 결과가 아니라(평생을 이것을 위해 살아왔다), 좋은 영화를 만들 자신이 내게 있다고 믿는 것, 나는 좋은 삶을 만들어나갈 수 있다고 믿는 것. 나를 우울하지 않고 불안하지 않고 초조하지 않게 만드는 것은 자기 자신에 대한 흔들리지 않는 태도일 것이다. 지금껏 걸어온 길과 이뤄낸 성취와 나를 믿어주는 사람들을 떠올려 봐도 마음 깊은 곳에서부터 우러나오는 단단한 훈풍을 느끼지 못하는 나에게 결여된 태도다.

*

　욕구와 취향, 갈망과 자유. 성취에 방해되는 이 모든 마음의 울림을 억눌렀다가 어느 시기를 기점으로 급작스럽게 댐의 문이 열리고 물길이 나를 덮쳐왔을 때 내 머리와 가슴은 이미 분리된 후였다. 머리로는 흐르는 물길과 불어오는 바람에 따라 유연하게 흔들거리며 세상을 탐험하고 원하는 것을 마음껏 원해도 된다고 생각했지만 심장은 잔뜩 쪼그라들어 있었다. 오랜 기간의 욕구 마비 기간을 지나며 무엇을 원하는지도 희미해졌을 뿐만 아니라 좀 더 치명적인 건 정말 원하는 것을 원해도 될지에 관하여 확신하지 못했다. 그랬을 때 나에게 돌아올 처벌은 무얼지 — 어떤 식으로든 처벌이 있을 것 같은 예감이 강하게 내 안에 자리 잡고 있었다. 나의 거침없는 탐험이 사회가 주문하는 모습과 맞지 않을 때 거슬려 보일 수 있음을 무의식적인 학습을 통해 느끼고 있었다. — 걱정하며 긴장하고 위축된 채였다.

메시지는 모순되었다. '무엇이든 될 수 있다'는 메시지는 '될 수 있는 것 중에 최고로 좋은 것이 되어야 한다'는 메시지로 이어졌고, 어디서든 특출나고 주류인 존재가 되어야 한다는 메시지를 따라가다가도 여성을 주류로 혹은 리더로 받아들이지 않는 분위기를 함께 겪었다. 성치히 는 여자가 받는 경계와 적의가 있었고 여러 측면에서 점점 성취가 어려워졌다. 무엇이든 자유롭게 원할 문화적 뒷받침이 되어 있지 않다. 다양한 영역에서 여성은 자유롭게 탐색할 권리도 자유롭게 쟁취할 권리도 아직은 부족하다.

그 괴리 사이에서 원인을 모조리 나에게로 돌렸다. 해내지 못하는 건, 주눅 드는 건, 헤쳐나가지 못하는 건, 의지력과 투쟁력과 모험심과 진취성의 부족이라고. '무엇이든 원해, 무엇이든 될 수 있잖아'라는 피상적이고 진실이 아닌 메시지 앞에서 우리는 시선을 돌려 무엇이 되지 못하는 나를, 자유로이 원하지도 못하는 나를 바라본다. 앞에 이렇게 많은 선택지가 있는데, 왜 망설이는지, 왜 작아지는지, 모두가 내게 당당히 꿈꾸라고 말하는데, 왜 발걸음을 떼지 못하는지 혼란스럽다. 무엇이든 될 수 있다는 시각으로 무엇도 될 수 없을 것만 같은 나를 바라보며 부끄러워지지 않을 도리가 없다.

무엇이든 원하라는 메시지는 이 사회의 머리에서 만들어졌지만 아직 가슴으로는 따라잡지 못한 듯 보인다. 특히나 쟁취하려는 여성의 노력과 열정이 긍정되지 않는 환경에서, 무엇이든 원하라는 메시지는 사상누각 같은 것이어서 우리는 그게 모래성이라는 것을 금세 알아채고 만다. 작은 비바람과 파도에도 무너져 내릴 거라는 것을. 그것을 공들여 쌓는 모습이 우스워보이거나 유난으로 보일 거라는 사실을 알아차리고 만다.

우리는 뭐든 될 수 있지만 동시에 여자다운 여자가 되어야 하는 과제를 받아 든다. 여자다운 여자란 무엇이든 되려고 나서고, 돌진하고, 주관을 갖고 밀어붙이고, 탐험하고 깨지고 주저앉았다가도 다시 성나게 일어나는 사람은 아무래도 아니다. 여자에게 좋은 직업이란 카테고리를 만들어놓고 그것은 제한이 아니라 너를 위해 좋은 것이라고 포장한다. 무엇이든 해보라고 말하면서, 실패했을 때는 더 가혹한 비난을, 성공했을 때는 덜 화려한 상찬을 내린다. 앞길을 닦아줄 생각은 없이 그저 뒷짐을 진 채 진정으로 원한다면 어떤 방해물도 헤치고 나아가야 하는 거라고 내게로 책임을 넘길 뿐이다. 모름지기 여자란 잘남을 현명하게 숨겨야 하는 사회에서 우리는 어디까지 되기를 진실로 격려받을까? 너무 똑똑하고 잘나가는 여자는 악바리이거나 독한 것, 잘난 척하고 거만하고 재수 없다고, 남자에게 사랑받을 수 없다고, 인생의 한쪽에만 치우쳐서 다른 것을 놓치고 있다고 여겨지는 세상에서 우리는 어니까지 마음껏 뻗어나갈 수 있을까?

　　그러기 위해서는 날개에 자꾸만 떨어지는 빗방울의 무게를 견뎌야 한다. 쉽 없이 떨어져 기어코 날개를 펼

럭이지 못하게 만드는 비를 견디어 버티고 어떻게든 몸을 움직여 빗방울을 털어내야 한다. 그렇게 털어내느라 쓴 시간과 에너지와 자원을 인정받지 못하고 어떤 나비는 전혀 비가 오지 않는 세상에서 산다는 것을 인정하지 않는 세상에서, 우리는 얼마나 날갯짓을 해야 할까?

내가 길을 잃은 곳은 바로 그곳이었을지 모른다. 그 동떨어짐 사이, 머리가 아는 것과 가슴이 느끼는 것 사이, 귀로 들리는 것과 그래서 발걸음을 떼었을 때 나에게 꽂히는 시선 사이에서. 나라는 몸 하나에 서로 다른 기대와 모순되는 잣대가 들이대어질 때, 그리하여 나는 목표를 완전히 달성하는 완벽한 사람이 되지 못하겠다는 희미한 예상이 어렴풋이 밀려올 때, 내가 믿어왔던 나라는 사람이 더 이상 나의 무기가 되어주지 못할 때, 그때가 바로 수치심이 서식하기 몹시 좋은 환경이었다.

4장
•
여자라는 몸

티 없이 완벽하게

티피오(TPO: Time Place Occasion; 시간, 장소, 때)에 맞게 의상을 선정하는 데 꼼꼼하게 주의를 기울이는 것은 어울리기 위한 나의 무의식적인 노력일까? 그 자리에 적절하게 존재할 수 있다는 확신이 부족하기 때문에 외면을 적절하게 만드는 것으로 방향을 트는 것일까? 내면이 남루해서 절대로 꾸며질 수 없다는 생각 때문에 대신 외면을 꾸미기로 택하는 것일까?

그게 맞다면 애인에게 준수한 외모를 요구하는 것도 이어지는 맥락일 것이다. 레스토랑에 들어선 그가 초라해 보이면 기분이 상한다. 내 곁의 그는 '격'에 맞는 옷차림, 매너, 태도를 갖추어야 한다. 아니, 나보다 뛰어나서 초라한 나를 번듯하게 끌어올려 주어야 한다. 애인이란 남들이 보기에 나와 세트이고 넓게 보면 내 코디의 일부이기도 해서, 잘 차려입은 내 곁에 운동복 바람의 그는 세상에 나의 남루한 실체를 폭로하는 존재처럼 느껴진다.

키 작은 나 대신 그는 키가 크기를 바란다. 그가 우물쭈물하지 않고 자신 있고 당당한 자세를 취하길 바란다. 누가 봐도 점잖고 권위 있고 세련되고 능숙한 어른으로 보이기를 바란다. 이 모든 바람은 나 자신의 결핍에서 나온다. 상대와 실은 아무 상관없는.

내게 부족한 것을 파트너에게서 찾거나 충족시키려는 욕구는 표면적으로는 자연스러운 인간의 보충욕쯤으로 보일 수 있으나, 더 깊은 뿌리를 들여다보면 수치심에서 시작하는지도 모른다. 특히나 욕구가 집착이 되는 경우라면 아무래도 수상한 것이다. 거기에는 파트너를 자신의 일부로 여기는 자아의식이나 통제 욕구도 관여하겠지만, 넓게 보면 이러한 자의식의 수상한 확장 역시도 수치심과 닿아 있을지 모른다.

어디까지가 취향이고 어디서부터는 문제일까? 겉으로 보이는 모습을 중시하는 정도란 나라는 존재를 부족하게 느끼는 마음이 꼭 그만큼 이어지는 걸까? 겉모습으로 수치심을 해결하고자 하나 그럴수록 겉모습으로 인해 더욱 수치심이 깊어지는 것 같다. 나는 몸에 대한 수치심이라기보다 내 몸이 받아들여지는 방식에 수치심을 갖는다.

내가 사는 세상의 환심을 사고 싶었다. 그 환심은 느끼기에 늘 조건부였다. '젊고 매력적인' 여자에게 주어지는 환대는 잡힐 듯 말 듯하고 나를 만족시킬 듯 말 듯하여 안달 나게 만들다가 결국 실패하여 공허해진다. 그것은 얻어도 지고 놓쳐도 지는 게임인 것 같다. 하지만 게임에 참여한 이상 그것을 잡으려는 마음이 간절할수록 부족함 또한 절실하게 느낀다.

한동안 외모를 가꾸는 게임에 몰두했다. 학창 시절에 여자 친구들끼리 모여서 "얼굴 중에 어디를 바꾸고 싶어?"라든가 "만약 한 군데만 성형한다면 어디?"와 같은 대화를 나누곤 했다. 우리는 쌍꺼풀과 코, 가슴 같은 것들을 집었고 점을 빼고 싶다는 가벼운 희망에서부터 흰 피부를 갖고 싶다는 등의 도달하기 어려운 상태를 꿈꾸기도 했다.

나는 무엇에 관해서든 맘만 먹으면 불만을 늘어놓

을 수 있지만 왠지 저 질문에만은 마땅한 대답을 찾지 못했다. 바꾸고자 한다면 어느 한 부분도 완벽하지 않겠지만 내 얼굴에 별 불만이 없었다. 그럭저럭 만족하고 있었고 아마 크게 관심이 없었다는 게 더 정확할 것이다. 그렇더라도 답을 안 하는 건 분위기를 망치는 일이기 때문에 때마다 이런저런 부위를 들었다. 그간 다른 이들에게서 지적받아 온 부분들이었다. 생김새에 관한 원치 않는 평가는 조언들("쌍꺼풀만 하면 진짜 이쁘겠다" "이목구비는 예뻐서 살 빼면 로토일 텐데", "거기 점이 되게 잘 보여요. 그것만 빼면 훨씬 피부가 깨끗해 보일걸요")에서부터 상체와 하체 비율이 어떻고 종아리 모양이 이상하다는 적나라한 비평까지 여자라면 피할 수 없으니까.

　　그건 여자아이들에게 가해지는 외모에 대한 사회문화적 압력이 만들어낸 걱정과 관심이었고, 압력으로 시작되었더라도 아이들 특유의 순수성이 묘한 열의를 만들어냈기 때문에 주로 놀이로 여겨졌다. 그렇긴 해도 자발적인 놀이라 하기에는 대화를 나누는 우리도 뭔지 모를 근원적인 두려움과 공포를 느끼고 있었다. 기준에 들어맞지 않으면 내쳐질지도 모른다는 두려움, 사랑받지 못할 거라는 두려움, 조롱받고 깔보아질지도 모른다는 두려움.

신체검사 때마다 가장 큰 관심사는 몸무게와 가슴 둘레였다. 무슨 일이 있어도 지켜야 하는 비밀의 숫자, 그건 여자아이들에게 주어지는 또 다른 성적표였다. 나는 가슴 작은 아이들 사이의 기준점 같은 것이 되곤 했다. 슬며시 다가와 내 가슴둘레를 묻고는 나보다는 크다며 작게 안도하거나 나보다도 작다며 실망하는 아이들의 모습은 반쯤은 장난스러웠지만 반쯤은 진심이라는 것을 알고 있었다. 그럴 때마다 나는 "단순 가슴둘레는 의미 없지 않아? 가슴 몸통의 크기가 다르잖아. 그걸로 가슴 크기를 어떻게 비교해?"라고 의아해했지만, 내가 반에서 꼴찌가 아닐 때면 슬며시 뿌듯해지기도 했다. 그런 경험이 쌓여 성인이 되어 뽕브라를 찾아다니는 데 일조했을 것이라고 생각한다.

자라며 여자의 몸, 대표적으로 가슴 크기가 공공연한 가치이자 평가 대상이자 놀림거리라는 걸 알게 된다. 우리는 스스로도 그런 분위기에 동참하여 아스팔트에 붙은 껌이라거나 계란프라이 같은 말로 자조했다. 남자들은 우리 앞에서도 거리낌이 없어서, 소개팅에 나온 여자의 티셔츠가 팽팽해서 합격이라는 둥의 이야기를 주고받았다. 그게 무슨 뜻인지를 속으로 헤아리는 동안 남자들은 웃음을 터뜨렸고 우리는 여자를 모욕하는 말에 나는 해당되지 않는다는 듯이 미소를 띠고 앉아 그 정도는 공공연한 농담이 되는 것을 지켜보고 있어야 했다.

여성의 몸에 매겨지는 적나라한 점수와 미디어의 가혹한 기준은 자꾸만 우리의 몸을 점검하게 만든다. 거울 앞에 서면 부족한 부분은 끝도 없이 보인다. 아무리 내 몸에 만족하려 해도 그건 자기합리화나 정신 승리로밖에 치부되지 않고 모든 여성은 다이어트를 원할 것이며 운동 목적은 살을 빼기 위함이고 서로를 가슴 크기로 비교해서 서열을 매길 것이라는 전제가 사회에 널리 퍼져 있다.

이런 환경에서 여성이 자신의 몸을 자신의 눈으로 바라보기란 얼마나 어려운지. 우리는 충분히 날씬해야 하고 동시에 충분히 섹시해야 한다. 그럴 때 거울 속 나를 바라보는 시선은 이미 타인의 시선이고 사회의 시선이다. 그 매서운 시선 끝에는 항상 한없이 모자라고 부족한 내 몸이 있고 우리는 그것을 온 힘을 다해 바꾸거나 바꾸지 못하면 숨겨야 한다.

여자들은 외모나 몸에 관해서라면 서로 비밀을 공유한 사이처럼 가까워지곤 한다. 어느 날 지인들과 파티를 준비 중이었다. 나는 좋아하는 검은색 원피스를 입고 그에 맞춰 검은색 브라를 했다. 브라 끈이 보일지 아닐지 수시로 점검하고 싶지 않았고 검은 브라 끈은 오히려 패션으로 보인다고 생각했다. 그래서 오른쪽 어깨 위로 브라 끈이 나왔다고 누군가가 알려주있을 때, 나는 말했다.

"괜찮아."

그가 대답했다.

"우리가 안 괜찮아."

나는 소매 안으로 브라 끈을 넣으며 부끄러웠다. 브라 끈인지 내 몸인지 브라 끈이 보이는 걸 부끄럽게 여기는 말인지 그 말에 브라 끈을 숨기는 나인지 뭔지에 모르게 부끄러웠다. 아마도 그 순간 나의 부끄러움은 그에게서 옮아온 부끄러움일 것이다. 그가 지키고자 한 건 나일 수도, 그일 수도, 여성 전체일 수도 있다. 그의 마음을 모르지 않는다. 그래서 복잡한 마음이 된다. 하지만 그게 그렇게 해서 지켜지는 것은 아님을 이제는 안다.

*

  압구정 부근에 가면 숨이 막힌다. 길을 걷기만 해
도 쏟아지는 성형외과, 피부과, 클리닉들의 광고 문구
와 이미지에 어질어질하다. 대체 여자 몸을 얼마나 깎고
붙이고 째려는 거야? 어디까지 재단하고 어디까지 손을
대야 만족하는 거야?

  자연스러운 상태에서는 누구도 도달할 수 없는 비
현실적인 기준이 있고 그에 미달한 여성에게는 지나가
는 누구라도 손가락질할 수 있는 권리가 주어지는 것처
럼 여기며 몸에 관한 건 무엇이든 숨기고 봐야 하는 문
화에서 대체 여성이 자신의 몸을 어떻게 긍정할 수 있
을까? 대체 어떻게 마음을 먹어야 내 몸과 화해할 수 있
을까? 외모에 대한 압력과 애초에 갖고 있던 수치심이
쿵짝이 잘 맞는 친구처럼 서로에게 들러붙은 것을 어쩌
면 좋을까.

  지금의 나는 레이스에서 내려왔다고 느낀다. 그것
은 자의이기도 하고 일정 나이를 지나며 환경적으로 이
루어지기도 했고 여성의 외모에 가해지는 획일화되고

174

가혹한 가치 기준을 알게 되면서이기도 했다.

　그러나 획일화된 기준에서 벗어나는 건 그리 간단한 문제가 아니다. 여성의 외모에 부당하게 들이대어지는 잣대를 인식해나가던 시기의 어느 날, 나는 새로 사귄 친구를 만나러 나가기 위해 준비 중이었다. 문득 욕실 거울 속에서 다듬어지지 않은 눈썹을 보았다. 만나러 가는 친구도 의심할 여지 없는 페미니스트 여성이고 우리는 여성에게 가해지는 외모 압박이 끝나야 한다는 데 동의할 테지만, 그날따라 지저분한 눈썹이 신경 쓰였다. 친구가 나를 칠칠치 못한 여자로 보면 어떡하지? 화장을 안 하고 브라를 안 하고 하이힐을 안 신는 것은 어렵지 않았다. 그것은 거대한 덩어리의 중대한 문제고 그것들을 벗어던지는 게 우리를 해방시키는 움직임이었는데. 잠깐만, 눈썹 정리는? 과연 친구가 이것까지 탈코르셋 운동이자 실천으로 봐줄까? 그냥 내가 깔끔하지 못한 사람이 되어버리는 건 아닐까?

　덩어리를 문제 삼는 경우라면 오히려 나는 강력하게 항의하고 주장했을 것이다. 하지만 확실하고 커다란 영역을 살짝 빗겨 나자 혼란스러웠고, 그런 내 모습을 보며 여성에게 몸단장이나 외모가 자기관리의 큰 부분을 차지하는 사회의 고정관념 안에 내가 여전히 묶여 있음을 새삼 확인했다. 정리되지 않은 눈썹이 저항으로 보이지 않고 부족함으로 보일까 봐 두려웠다. 그건 내가 가장 두려워하는 일이었다.

티 하나 없이 깨끗한 여자의 얼굴이 환상이자 억압이라는 것을 알게 되었는데도 '자연스럽게' 깨끗한 얼굴이라는 강박은 남아 있었던 것이다. 화장을 안 하면 안 한 대로 그 나름의 매력이나 멋이 있어야 한다고 여기는 마음이 있었을지도 모른다. '있는 그대로도 아름다워'야 한다고 말이다. 여럿이 같이 주장하는 거대한 운동에 동참하기는 쉬웠지만, 너무도 사소하고 미세한, 그래서 의도적이라고 봐주지 않을 만한, 그저 나라는 사람으로 보일 영역이라면 나는 완벽하기를 원했다. 매력의 종류가 달라져도 매력적이긴 해야 환영받을 테니까.

하지만 이는 외모에 대한 압박이 남아 있었다는 증거였다. 정말로 내려놓게 된 건 타인의 인상에서 외모가 차지하는 비중을 의식적으로 서서히 줄여가면서 나 자신의 정리되지 않은 눈썹에도 신경을 끊게 된 즈음이었고 예쁨의 기준을 다시 만들어나갈 무렵부터였다.

외모에 대한 압박을 페미니즘의 관점에서 인지하기 시작하면서 나와 여자 친구들은 서로에 대한 칭찬조차 평가이고 압박의 연장임을 알아차렸다. 그래서 서로 좋은 말을 해주고 싶을 때 건넬 만한 다양한 대안을 궁리하기 시작했다. 바꿀 수 없는 부분이 아니라 바꿀 수 있는 부분을 칭찬하기. 예를 들어 모자가 예쁘다, 옷 색깔이 화사하다라는 식으로. 또는 예쁘다가 아니라 잘 어울린다고 말하기. 머리 모양이 잘 어울린다, 오늘 입은 셔츠가 잘 어울린다…. 그럼에도 이런 의식 바깥에 있는 사람이 "오늘 예쁘네"라고 말해주었을 때 나도 모르게 기분이 좋아지는 건 한계일까?

시간이 흐르면서 우리는 예쁘다는 말 안에 들어 있는 편견과 잣대와 사회적인 의미를 원래 의미와 조금씩 분리해나가며 예쁘다는 말을 사회적으로 '여성스러운' 모습에 붙이지 않고 개인의 개성과 멋을 드러낼 때 사용할 수도 있게 되었다. 이것은 아마도 꼭 알맞은 대안을 찾지 못해서일 수도 있고 오히려 예쁘다의 본래 의미를 되찾은 걸 수도 있다. 어쨌거나 우리는 '네가 지금 사회적인 기준에 부합한다거나 사회적으로 말하는 아름다운 여성에 가까워져야 한다는 뜻이 아니라 오늘 입은 옷이 예쁘고 지금 풍기는 분위기가 아름답고 그냥 너의 모습이 내 눈에 멋져 보인다'는 뜻으로 예쁘다는 말을 쓴다.

이것은 절반의 성공인지도 모른다. 우리는 수치심을 회복해나가는 중이다. 마르지 않아도, 눈이 크고 코가 오똑하고 피부가 깨끗하지 않아도, 나올 데 나오고 들어갈 데 들어가지 않아도, 머리 모양이나 손톱 모양이나 눈썹 모양이 완벽하지 않아도, 피부가 하얗고 깨끗하지 않아도 예쁠 수 있음을 서로를 예쁘게 봐주며 익혀가는 중이다. 사람의 예쁨을 판단하는 기준 자체가 사라지면 좋겠지만 아름다움을 느끼는 심미적 존재인 우리는 아름다움의 기준을 새로 만들고 넓히고 수정하는 중이다.

단순히 너 자신을 긍정하라거나 너의 몸을 사랑하라는 결과론적인 주문 말고 과정적인 다른 무언가가 필요하다. 나는 더 다양한 여성의 몸을 보고 싶다. 그리고 거기에서 아름다움을 느끼는 눈을 기르고 싶다. 어떤 몸도 아름다울 필요가 없다고 여기는 날이 이상향이겠지만 일단 지금은 아름다움의 범위 확장이 필요하다. 우리에게는 더 다채로운 롤모델이 필요하다. 미디어에서 다

채로운 여성의 몸을 접하고 그 자신의 몸으로 살아가는 자연스러운 삶을 듣고 싶다. 그것이 내가 몸에 갖는 수치심을 조금은 보듬어줄 것이다. 티 없이 완벽하게 예쁜 몸을 갈망하는 시선을 거두고 여기 존재하는 여자의 몸을 그저 예쁜 몸으로 볼 수 있게 되기를 간절히 바란다.

불경한 몸

그러나 여자의 몸은 불경하다. 남자를 유혹하고 꼬여내고 정도 이상의 욕구를 만들어내고 소위 본능이라 불리는 것을 폭발시키는 몸. 그래서 위험하다. 멀쩡한 남자들을 미치게 만드니까. 그러니 여자의 몸이 불러내는 욕구를 혹여 남자가 참지 못하고 여자에게 풀어버려도, 행여 그것이 명백한 범죄로 정해져 있대도 심정적으로는 그럴 법한 일이 된다. 여자의 몸은 남자의 몸으로 하여금 참지 못하게 만든다. 불경하고 위험하다.

여자의 몸은 불경하다. 주기적으로 더러운 피를 내보내는 몸. 고여 있던 피와 분비물 냄새를 풍기는 몸. 그리고 남자에 의해 더럽혀지는 몸. 남자의 손길이 닿음으로써 더러워지는 것. 더러운 건 남자의 몸이 아니라 남자의 몸이 닿은 여자의 몸. 불경하고 더럽다.

위험하고 더러운 몸은 감시받고 관리되어야 한다. 위험을 만들어내는 것은 욕구를 주체하지 못하는 혹은 않는 남자가 아니라 여자의 몸이기 때문에 관리 대상은 남자의 인내심이나 자기통제, 여성에 대한 존중의식, 남의 몸을 침범하지 않아야 하고 범죄를 저지르지 말아야 한다는 당연한 명제가 아니라, 여자의 불경한 몸이 된다. 여자의 몸은 스스로 알아서 완벽하게 간수되어야 한다. 그러지 않으면 불경함이 통제할 수 없이 튀어나와 사회에 혼란을 가져오고 남자를 곤경에 빠트리므로 경멸받아 마땅하다. 그 과정에서 여자가 겪게 되는 일이 무엇이든 원인 제공자가 감수해야 할 뿐이다. 하지만 어쩔 때 보면 남자들은 여자의 몸이 불러일으키는 위험함과 더러움을 즐기는 듯도 원하는 듯도 하다.

스물다섯에 나는 맞지 않는 회사의 맞지 않는 부서에 억지로 몸을 구긴 채 무엇이든 해내려 애를 쓰고 있었다. 내가 속한 팀은 나보다 훨씬 연상의 남자들이 훨씬 높은 직위를 가지고 구성되어 있었는데 하루 중 내가 가장 괴로웠던 순간은 쥐 죽은 듯이 고요해서 무어라 소리를 내거나 자리를 뜨기만 해도 나의 일거수일투족이 관찰되는 분위기도, 팀원들이 나를 어떻게 대해야 할지 모르는 것 같은 당황스러움을 맞닥뜨리는 순간도 아니었다. 가장 피하고 싶었던 시간은 높은 직위의 연상의 남자들과 함께 점심을 먹는 일이었다. 그들은 이상하리만치 밥을 빨리 먹었다. 매일같이 먹는 찌개와 탕도 어느 정도는 입맛을 잃게 만들었는지 모른다. 나는 그곳에서 웬일인지 능력을 발휘하지 못했고 모든 것을 새로 배우는 기분이었지만 아무리 시간이 지나도 나아진다는 느낌을 받지 못하고 있었다. 업무 내용은 점차 알아 갔지만 딱딱하고 수직적인 문화에서 어떻게 융통성을 발휘하며 업무를 풀어가야 하는지는 감을 못 잡고 있었다. 도무지 의욕이 생기지 않았고 늘 입맛이 없었다. 그러던 어느 날 회의실에서 다른 사람들을 기다리고 있을 때였다. 그가 앉은 채로 의자를 좌우로 돌리면서 나를 빤히 바라보았다.

"너는 그렇게 식욕이 없으면 남자 친구 기 힘들 텐데 어떡하냐?"

잠시 물음표를 띄웠지만 곧 무슨 뜻인지를 알아챘다. 들어본 적 없어도 눈빛과 말투, 풍기는 분위기로 알아채지는 것이 있다. 그러나 모르는 척했다. 뜻을 알아들었을 때 어떤 반응을 취해야 할지 모르겠어서 차라리 못 알아듣는 척을 택했다. 곧이어 사람들이 우르르 들어왔다. 나를 도와줄 사람은 없었다. 그 자리에서 그는 가장 직급이 높은 사람이었다. 알아듣지 못한 척한 말에 문제를 제기할 방법도 알지 못했다. 나는 자세를 가다듬고 앉아 내 앞의 회의자료를 내려다보았다. 얼굴의 근육이 굳어 있었다. 오물을 뒤집어쓴 기분이 되었고 내 몸을 뒤덮은 오물을 느낄 수 있었다.

　　식욕과 성욕. 그는 나의 욕구를 말했지만 실은 남자의 욕구를 말하고 있었다. 나의 욕구에 관심을 두는 것처럼 말했지만 그는 나를 욕구의 주체로 대한 것이 아니었다. 나를 가진 남자의 욕구를 걱정했고 그걸 상상하는 자신의 욕구에 주의를 두었다. 그 말에서 나의 욕구는 말하는 자가 행하는 모욕의 대상일 뿐이었다. 여자의 욕구는 스스로 움직일 수 없고 남자에게 모욕을 가할 수 없다. 여자의 욕구는 많든 적든, 있든 없든, 드러나도 드러나지 않아도, 남자에 의해 모욕당할 뿐이다.

　　그는 내가 밥 먹는 모습을 보며 무엇을 상상했는가. 아무리 내 두 눈으로 내 몸을 보려고 몸부림을 쳐봐도 몸이 내뿜어내는 기호, 상징, 덕지덕지 붙어 있는 더러운 시선을 웬만해선 걷어낼 수 없다. 정말로 더러운 것은 그 시선이고 내 몸을 바라보는 나 자신의 시선조차 더러움에 물들고 만다. 내 몸은 남자의 손길로 더럽혀지지 않는다. 생리혈로도 생리혈이 풍기는 냄새로도 더러워지지 않는다. 내 몸을 더럽게 만드는 것은 그 시선이고 그것에 의해 정말로 내 몸은 더러워진다.

여자는 몸으로 대표된다. 몸이자 물성이자 땅이자 본능이자 형이하학적인 존재이다. 몸이 지성과 인성, 능력과 태도, 꿈과 목표, 취향과 욕구를 모두 가려버린다는 뜻이고, 또한 여자의 몸이 강력한 위험물이자 무기로 작동한다는 뜻이다.

여자의 몸은 남자의 욕망과 폭력이 동시에 실현되는 장이다. 권력자인 남자들에 의해 추앙되지만 동시에 끔찍하고 불경한 것이다. 남자들이 자신이 원한다는 사실에 자존심 상해서 여자의 몸을 후려치지 않고는 못 배기는 것인지도 모르고, 남성중심사회의 기반을 지키기 위해서 여자에게 어떤 힘도 실제로 주지 않으려는 몸부림인지도 모르고, 여성을 영원히 남성에게 종속시키기 위해 여성의 몸을 남성의 몸에 비해 절대적으로

부차적인 위치로 밀어 넣으려는 속셈인지도 모른다.

그리하여 여자의 몸을 무기로 만드는 건 여자가 아니다. 여자의 몸을 원하고 여자의 몸에 스스로 유혹되고 여자의 의지와 상관없이 여자의 몸이 자기를 유혹하기를 미치도록 바라는 남자들이 무기로 여기기 때문에 무기가 된다. 그리고 필연적으로 그것은 진정한 무기가 아니다. 스스로 가신 힘이 아니라 외부의 권력에 의해 인정될 때만 힘이 생기기 때문에 조건적 무기는 치명적인 약점이 되고 만다. 불경한 몸으로 얻은 것이 위태로운 이유다.

그러나 내 몸은 무기가 아니고 폭발물도 아니다. 폭발물이 아니길 바라는 것과 마찬가지로 무기이기를 바라지 않는다. 만약 무기가 될 수 있다면 위험으로부터 나 자신을 보호하는 무기이기를 바란다. 남자를 꼬여내고 남자에게서부터 무언가를 얻어내는 무기가 아니라. (이 문장을 쓰는 심정이 얼마나 참담한지를 여자의 몸을 여자의 무기로 여기는, 그래서 여자에게 힘이 있다고 여기는, 때로는 여자의 몸이라는 무기를 원하고 때로는 질투하고 대체로 경멸하는 남자들은 정말로 모를 것이다.)

여자의 몸이 의미하는 바가 그대로인 이상, 여자에게는 진정한 성공도 없고 진정한 출세도 없고 진정한 안심도 없다. 여자의 몸을 노리는 남자들이 있고 여자의 몸이 모욕의 대상이 되는 이상, 위험으로부터 완벽하게 안전한 여자는 없다. 애초에 여자의 몸 자체가 실패이기 때문에 여자의 성공은 실패를 내포한다.

최초에 존재하는 순간부터 부끄러운 몸을 갖는다는 것은 여자의 삶에서 무슨 의미를 가질까? 치마가 들춰지고 가랑이 사이가 벌어질 때 "아이 부끄러워" "아이 창피해"라는 말이 따라붙는 존재에게. 내 몸이 드러나는 것과 내 몸의 어떤 움직임을 부끄러워해야 하고 창피해해야 하고 숨겨야 한다는 것을 걸음마를 떼기 전부터 배우는 존재에게. 남자애가 괴롭히고 못살게 굴어도 너를 좋아해서 그래, 네가 예쁜가 보다, 하는 말을 들으며 너의 괴로움은 별 게 아니고 너의 몸이 불러일으키는 불편을 감수해야 하며 때로는 그런 불평이 복에 겹거나 자랑이 되어버리는 사회에서. 허벅지와 가슴을 숨기고 때로는 남학생을 자극할 수 있으니 발목과 어깨와 목덜미까지 단정하게 숨겨야 하고 또 다른 관점에서는 잡티와 흉터와 털과 결점을 모조리 숨겨야 하는 몸에게. 고통도 숨기고 희열도 숨겨야 하지만 동시에 적절히 보여야 하고 적절히 드러나야 하고 매력적인 부분을 어떻게든 만들어내어 보여주어야 하는 모순된 기대를 받는 몸에게 수치심이 들러붙지 않을 수 있을까? 필요에 따라 웃통을 까고 노상방뇨를 하며 어린 시절부터 자기의 성기를 자랑스럽게 여기거나 내보일 만한 것으로 여겨 온 사람과 몸을 감각하는 방식의 차이를 가볍게 무시할 수 있을까?

절대로 좋을 수 없는 몸을 미워하지 않기란 얼마나 어려운가. 자신을 미워하는 건 또 얼마나 쉬운가. 세상을 미워하기보다 내게로 탓을 돌리는 건, 그래서 내가 잘하기만 하면 좀 더 노력하기만 하면 세상의 마음에 들 수 있을 거라고, 그러면 나도 나를 사랑해 줄 수 있을 거라고 믿는 건 얼마나 간편한가. 조건부 인정과 사랑에서 조건이 존재하는 것 자체에 의문을 품기보다 조건을 만족시키려고 노력하는 방향이란 건 얼마나 직선적이고 단순한가. 기준에 가까워질수록 세상과 타인의 관심과 호의가 생겨나는 걸 확인하는 일은 또 얼마나 달콤한가.

기준을 적용하는 것이 여자의 몸을 불완전한 존재로 만든다. 여자의 몸은 평가하고 간을 보고 정복해야 할 대상으로 여겨진다. 트로피는 손에 넣는 순간 빛을 잃는다. 일련의 과정들이 여자의 몸에 수치심을 새겨 넣는 프로세스로 작동한다.

평가하는 시선으로 스스로를 바라보는 순간, 내 몸이 드러나거나 드러나지 않는 것, 누군가를 유혹하거나 유혹하지 못하는 것, 몸으로 무언가를 얻거나 얻지 못하는 것, 누군가가 내 몸을 원하거나 원하지 않는 것, 내 몸이 느끼거나 느끼지 못하는 것, 그 모든 것으로부터 수치심이 생겨난다. 드러나도 부끄럽고 드러나지 않아도 부끄럽다. 욕망의 대상이 되어도 부끄럽고 되지 못해도 부끄럽다. 세상이 쳐놓은 덫에 걸려 꼼짝없이 서서 더러운 시선이 내 몸을 멋대로 훑고 지나가는 동안 온몸으로 수치심을 받아낸다. 그것은 어느새 익숙해지기도 하여 깊숙이 수치심을 간직한 채 수치심의 법칙에 따라 움직인다. 수치심을 모른 척하거나 의식에서 인지하지 않거나 적극적으로 세상의 법칙을 내면화하는 방향으로. 날씬하면 괜찮을 거야, 예쁘면 괜찮을 거야, 매력적이 되면 안전할 거야, 혹은 정반대로 뚱뚱하면, 못

나면, 매력이 없으면 안전할 거라고 여긴다. 내 몸이 안전해질 방법을, 그리하여 수치심에서 벗어날 거라 기대되는, 할 수 있는 어떤 방향으로든 애를 쓰며.

어둡고 축축하고 비밀스럽고 신비한 여자의 몸에는 응당 느끼도록 정해 놓은 수치심의 종류와 총량이 있고 거기에는 이런저런 기준이 붙어 있지만 결국에는 몸이라는 존재 자체를 수치스럽게 만드는 분위기가 있다. 몸에서 시작되는 수치심은 나를 온통 장악해버린다. 내가 가진 좋은 것들에 집중하다가도 가장 근본적이고 본질적이며 나라는 존재를 단단히 받쳐주어야 하는 토대인 몸에 대한 존중감이 무너지는 순간, 그 위에 쌓아 올린 것들이 와르르 무너진다.

궁극적인 실패를 껴안은 채, 여성이라는 존재에 실패가 통합되어버린 것을 전제로 한 채, 여자는 자신을 어떻게 온전히 껴안을 수 있을 것인가. 나는 몸이 유발하는 수치심에서 벗어날 수 있을까. 몸에서 시작되어 온 존재를 덮치는 수치심에서 벗어날 수 있을까. 자신의 몸을 독자적인 시선으로 바라보지 못하면서 나라는 존재가 온전히 통합될 수 있을까. 그러므로 여자의 분열과 그로 인한 자기부정과 자기혐오는 예정된 수순이다. 스스로 가치를 매길 수 없고 인정과 승인을 내릴 수 없는 몸으로서 나는 내 몸을 받아들이는 법도 내치는 법도 알지 못하게 된다. 이대로 충분한 존재로 자신을 인식하는 게 여자의 몸으로 어떻게 가능할 것인가.

여자를 하나의 인간으로 존중하는 시선이 부족한 세상에서 자기 자신을 존중하기 위하여, 몸을 수치스럽지 않은 존재로 있는 그대로 바라보고 존중하기 위하여, 내 몸이 외부에 의해 마음대로 점령되거나 가르고 나뉘고 재단되는 게 아니라 나라는 존재가 담긴 나 자체임을 선언하기 위하여, 우리는 여자의 몸에 가득 덮인 기호와 상징을 비판하는 동시에 새로운 시선을 만들어내야 한다. 내면화되어 버린 세상의 시선을 걷어내기 위하여 새로운 사고와 새로운 이미지가 필요하다.

그저 존재하는 것이라고, 정신과 영혼을 담고 있으며 나와 끊임없이 상호작용하는 물리적 실체라고, 너에게 보이기 위해 있지도 너를 홀리기 위해 있지도 않으며, 너에게 쉬이 모욕당하지 않으며, 나의 몸에 가한 너의 행동은 나의 모욕이 아니라 너의 모욕이 되어야 한다고 선언한다. 내 몸은 기쁨과 슬픔과 고통과 환희를 느끼는 몸이며 자유로이 표현하는 몸이고 너의 존재에서 몸이 차지하는 의미와 다르지 않은 몸이라고. 부끄러워해야 하는 건 내가 아니라 타인의 존엄성과 결정권을 침범하는 너라고. 이것이 여자의 몸에 관해 알아야 할 전부이다.

헛똑똑이라는 갑절의 욕

헛똑똑이.

나의 일생 중 이 단어와 씨름하는 데 과연 얼마의 시간을 썼을까? 이 단어에 대해 생각하고 부정하고 화를 내다가 끝내 인정해버리는 동안 나는 무얼 흘려보내고 있었을까? 있는 힘껏 저항했고 이 단어 자체를, 이 단어가 내포한 의미를, 누구에게는 쓰이고 누구에게는 붙지 않는 쓰임새를 거절했지만 마음 깊숙한 곳에서는 완전히 거절하지 못하는 이유가 대체 뭘까?

나에 대한 비밀을 지키는 심정으로 누구에게도 말하지 않지만 실은 아무도 알아채지 못해도 나만이 아는 미세한 빈틈을 파고드는 이 단어를 어찌할 수 없이 받아들인 채로, 나를 헛똑똑이라는 렌즈로 바라본다. 매서운 눈초리로 의심하고 티끌만 한 빈틈도 평가 보고서에 꼼꼼히 기록하는 감시자가 사사건건 플러스 마이너스 점수를 매기는데 플러스는 아주 작게, 마이너스는 한 번 쓸 걸 두 번, 세 번 쓰는 걸로 모자라 옛날 일들까지 끌어와 재차 마이너스를 주는 식이다.

　이 단어는 다양한 말로 변주되어 왔다. 융통성이 없다, 공부 머리는 있는지 몰라도 생활 머리가 없다, 현실을 모른다. 어른들의 입에서 내뱉어지는 말들을 판단하거나 무시하기에는 어렸고 두려웠다. 세상이 나를 어떻게 바라보고 평가하는지를 파악하려 촉각을 곤두세웠고 부정적인 말들에 큰 타격을 받았다.

　나는 내게 빈틈이 있다는 사실을 받아들이기가 어렵다. 어디 하나 패이거나 상처 나거나 찌그러진 곳 없이 흠집 없는 매끈한 깐 달걀처럼, 내가 생각하는 내가 존재한다.

　빈틈을 받아들이기 어려워서 나를 통째로 포기해버린다. 작은 빈틈에 크게 좌절하여 도저히 메울 수 없는 구멍이 나 있는 사람으로 지레 인식해버린다. 그렇게 하면 다른 빈틈을 발견하더라도 더 이상의 좌절은 없을 거라 믿는 듯이.

헛똑똑이라는 명칭이 쓰이는 경우는 다양했지만 자세한 설명이 붙는 적은 없어서 나의 어떤 면이 헛똑똑한지 제대로 짚어내기가 어려웠다. 뉘앙스로 알아차리기로는 나의 한 부분 어딘가가 패이고 구멍 나고 찌그러진 곳이 세상에 드러나는 느낌이었다.

나는 속으로 중얼거렸다. 나는 헛똑똑이야. 밖에서 들었던 나쁜 말이 내면화되는 걸 막기 위해 내가 해야 했던 노력은 뭐였을까? 그게 뭔지 몰랐다. 심지어 더 나쁜 말들을 보탰다.

결정적으로 이런 데서 구멍이 나 있잖아. 나는 구멍 나 있어. 나는 완전하지 않아.

이것이 고스란히 자신에 대한 수치심이 된다. 헛똑똑이라는 명칭부터가 수치심을 유발하는 것 같다. 저 말을 들을 때마다 왠지 모르게 내가 텅 빈 존재인 것만 같이 느껴진다. '헛'이라는 접두사가 주는 느낌 때문일까? '헛' 나는 텅 비어 있다. '헛' 나는 쓸데없다. '헛' 나는 잘못되었다.

똑똑함을 전제하고 있으나 빈틈이 똑똑함까지 집어삼킨 단어. 똑똑함마저 아무 소용 없어진 단어. 나는 똑똑함을 정체성으로 삼았었고 그렇기 때문에 헛똑똑이라는 단어는 정체성을 뒤흔드는 말이었다. 흔드는 것은 힘이 강해서 어느덧 깊은 마음에서는 똑똑이보다 헛똑똑이가 훨씬 더 강력한 기운을 가진 어둠의 지배자 정체성이 되어버린다.

똑똑함은 쓸모와 긴밀하게 닿아 있다. 능력과 성공과도 아주 긴밀하게 연결되어 있다. 모든 것들의 전제가 된다. 그래서 똑똑하지 못한 모습을 보일까 봐 두려워하는 것은 쓸모없어 보일까 봐, 무능력하고 실패자로 보일까 봐 두려워하는 것과 같다.

그렇지만 똑똑함은 다른 많은 것들과 마찬가지로 내 안에서 이중적인 감정을 만들어낸다. 똑똑해야 하지만 너무 똑똑하면 안 된다. 적당히 똑똑해야 하지만 똑똑한 티를 내거나 척을 하면 척을 지게 된다. 배제되고 속하지 못한다. 잘난 척하는 여자, 재수 없는 여자, 지혼자 잘난 여자, 혹은 바늘 하나 안 들어가는 여자, 센여자, 무서운 여자. 삐끗하면 떨어지는 나락들이다.

그렇기에 나와 똑똑함과의 관계는 복잡하다. 나는 뭘 잘 모르는 척을 한다. 지식이나 성취, 능력의 영역에서 똑똑하게 보일 여지를 차단하려는 듯이 굴기도 한다. 그건 때로 쉽고 편안한 길이다. 정말로 그렇게 보일까 봐 두려워하면서도 내가 녹아들고 비호감을 사지 않는 방법은 못하는 척, 약한 척하는 것뿐이라는 듯이 나를 숨기는 것이다. "잘 몰라요" "잘 못 헤요" "질 뭘지는 모르죠" 민망하고 수줍은 웃음과 함께 이런 말을 하고 돌아오는 길에 못내 입이 쓰면 그제서야 알게 된다. 오늘 내보인 건 가짜 약함이라는 것을. 받아들여지기 위해 나를 작게 만들었다는 것을. 왜냐하면 진정한 취약성이나 약점을 내보이는 것은 절대로 이런 기분을 만들어내지 않기 때문이다. 진정으로 나를 고백할 때 한없이 가벼워지고 자유로운 느낌을 나는 알고 있다.

나는 똑똑한가? 글쎄, 그렇기도 하고 아니기도 하다. 이따금 나 자신이 똑똑하게 느껴지기도 하지만 내가 특출나다고 여기지는 않고 또 만약 그럴대도 그게 문제일까 싶은데 자꾸 이름 모를 불량배들이 찾아와서는 "야, 네가 그렇게 똑똑하다며? 어디 한번 보자. 하, 뭐 별로 똑똑하지도 않은 게! 네가 잘난 줄 알아?"라며 시비를 거는 기분이다.

그러니 나는 똑똑한 여자가 될 수밖에 없다. 세상은 나를 똑똑하댔다가 헛똑똑이랬다가 왔다 갔다 하지만 어쨌거나 그런 반응들로 인해 나에게서 똑똑함이란 성질을 뗄 수 없이 가깝게 느낀다.

하지만 스스로 똑똑하다고 칭하는 것은 도무지 익숙해지지 않는다. 똑똑하다고 자평하려면 아무도 반박하지 못할 증명된 근거가 필요할 것만 같다. 아이큐가 158이라든가 수능에서 전국 수석을 했다거나 대기업 최연소 임원이 되었다거나 노벨 물리학상을 탔다거나…. 극단적이라는 걸 안다. 자기를 평가할 때 극단적일 만큼 엄격한 기준이 많은 여자들의 마음속에 존재하는 것도 안다.

여성의 똑똑함을 진정으로 높게 쳐주지 않는 문화, 똑똑하다는 말이 너 잘났다는 말과 같은 뜻으로 쓰이며 때로는 단지 자기 주관과 의견과 생각이 있다는 이유로 여성을 묘사하는 형용사로 쓰이는 분위기 안에서 헛똑똑이는 갑절의 욕이 된다. 그래, 너 똑똑하다, 근데 그 똑똑함조차 가짜네.

있는 그대로의 나를 드러내면 안 돼. 나는 다짐하고 다짐한다. 그러면 모두가 알아챌 거야. 구멍 나 있다는 사실을. 부족하다는 사실을. 헛똑똑이라는 사실을.

내가 나를 믿어주지 않으니 다른 사람이 나를 믿어

줄 거라 기대할 수도 없다. 설사 다른 사람이 나를 믿어 주더라도 내가 그것을 믿을 수 없다. 나를 위로하려 하거나 과장하거나 거짓을 말한다고 생각해버릴 뿐이다. 수치심은 나를 믿지 못하게 만들 뿐만 아니라 나를 사랑해주는 다른 이도 믿지 못하게 만드는 끔찍하게 외로운 감정이다.

대화를 수다로 만드는 시선

수치심에 관하여 나는 오로지 나 자신만을 탐구의 대상으로 삼으려 했다. 마치 개인의 특정 영역만은 그가 처한 환경과 외부적 요인과 사회적 조건이 전혀 영향을 끼치지 않는 청정 구역인 것처럼 독자적이고 불가침한 영역이 내면에 존재하고 그런 구석이 하나쯤은 있어야 나를 나라고 부를 수 있다는 듯이 말이다. 세상 만물을 사회문화적 환경과 연관 짓기를 좋아하는 내가 수치심에 있어서만은 철저히 개인적인 관점으로만 접근했고 사회의 기준과 잣대에 의해 생겨나는 수치심에 관하여 심리학자들이 열렬히 토로할 때 얼마간 시큰둥해했다.

그리하여 수치심에 대해 쓰는 일은 흰 종이 위에서

실시하는 자아탐구이자 내면의 나와 마주 앉아 진행하는 심리 상담이 될 거라고 생각했다. "나와의 심리 치료를 하러 갈게." 농담처럼 친구들에게 말했다. "나를 내담자 삼는 거지. 어려울 거라는 건 알아. 근데 너무 재밌을 것 같지 않아? 내가 늘 바라오던 바로 그 작업이야." 과정이야 쉽지 않겠지만 적어도 무엇을 해야 하는지는 안다고 여겼다. 나를 들여다보는 건 언제나 어려운 과제였지만 수치심이라는 키워드를 열쇠 삼으면 문을 열 수 있을 거라 기대했다. 골방에 틀어박혀 세상과 단절한 채로 내면에만 현미경을 들이대기로 했다.

하지만 자꾸 벽에 가로막혔다. 증상을 탐색하다보면 기원에 대한 질문을 하지 않을 수 없었다. '그러니까 왜 그런 건데?' 여기에 대한 답은 결코 내부에서만 찾을 수 없었다. 나를 작아지게 만드는 시도들이 어떤 형상으로 찾아왔는지, 세상과의 불화와 그러한 과정에서 어떤 감정을 겪어왔는지를 떠올리지 않을 수 없었다. 취약성을 숨기고 완벽해지라고 요구하는 경쟁중심의 문화와 무엇보다 여성의 존재를 위축시키는 가부장제를 말이다.

수치심 형성에서 사회의 기여를 인정할 수밖에 없

던 또 다른 요인은 내 이야기를 듣고 글을 읽은 동료들의 반응이었다. '나에게 이러이러한 수치심이 있는데, 좀 이상하지…?' 하는 마음으로 조심스럽게 이야기를 내밀며 이 정도로도 충분할 거라고 예상한 반응은 "그렇구나. 그런지 몰랐는데 너의 마음에 그런 생각이 있었구나. 솔직하게 이야기해줘서 좋다" 정도였다. 그렇지만 사람들은 예상을 깨고 아예 다른 것을 내게 내밀었다.

"무슨 마음인지 알겠어. 나도 그렇거든. 있지, 나는 말야…"

이건 나만의 문제가 아니었다. 성차별 구조로 인해 겪어온 개인적인 경험을 나눌 때와 비슷했다. 내가 여자로서 겪어온 문제들이 개인적 특성 때문만이 아닌 것처럼, 내가 특별히 무얼 많이 잘못해서만이 아닌 것처럼, 존재에 대한 수치심이란 현대사회에서 살아가는 많은 사람들이, 또 많은 여자들이 공통적으로 경험하는 일들이었다.

그제야 나는 개인과 사회의 상호작용이 부지불식간에 얼마나 자주 강하게 이루어지는지를 간과하고 있음을 자각했다. 어쩌면 스스로 숨는 수치심의 특성이 나의 마음을 누구나 그럴 수 있다며 일반화시키는 것을 방해했을 수도 있다. 또 어쩌면 신자유주의와 그에 따른 능력주의로 인해 수치심이란 나만의 나약하고 부끄러운 문제일 뿐, 다른 요인을 탓하면 안 된다는 각자도생의 공정이 뿌리 깊게 박힌 탓인지도 모른다.

이 사회는 구성원에게 완벽해지기를 요구하며 우리의 능력과 성취만을 존재 가치로 인정한다. 거기에 더해 남성중심사회는 여성을 단지 여성이라는 이유만으로 어딘가 부족한, 무언가 잘못된 존재로 여기기 때문에 여성은 이중의 수치심 억압 안에 놓이게 된다. 우리는 외모, 성취, 관계, 자아, 성격, 섹슈얼리티 등의 영역에서 수치심을 갖도록 만드는 환경 안에 있다.

여자들은 자신이 가진 것, 자기와 관련된 것들을 겸손보다 조금 더 나아간 태도로 평가절하하는 경향이 있다. 그것은 여자의 실패에 더 가혹하게 구는 문화가 만들어내는 태도다. '정상'과 '가치'의 기준이 여자에게 훨씬 더 촘촘하게 짜여 있는 상황이 이에 기여한다. 거의 모든 영역에서 높은 기준이 들이대어지고 이중 잣대가 들이밀어진다. 가령 이런 것이다. 외모를 가꾸지 않으면 여자 같지도 않은 여자, 자기를 포기한 여자, 못나고 무시당해도 되는 여자처럼 취급받지만, 그렇다고 외모에 신경을 쓰면 겉만 치장하는 여자, 사치스럽고 허영심 가득한 여자, 꾸밀 줄만 알지 머리는 텅 빈 여자가 되는 식이다. 그래서 아슬아슬한 외줄 타기를 시도한다. 적당히 꾸미지만 너무 꾸민 티는 안 나게. 예쁘지만 너무 화려하거나 세 보이거나 싼 티 나지 않게. 이중 잣대는 외모 영역, 성취 영역, 섹슈얼리티 영역, 어디에나 있다. 요점은 기준이 너무 빡빡하다는 것이다. 가느다란 실 같은 외줄 타기에서 떨어지거나 애초에 올라서지도 못하면 우리는 신랄한 평가와 비난, 비웃음, 조롱, 무시의 대상이 된다. 애초에 기준을 통과하지 못했기 때문에 그것에 항의할 자격도 없다. 여자들은 '너무 –하지 마'의 세계에 산다. 예뻐, 근데 너무 예쁘지는 마. 똑똑해, 근데 너무 똑똑하지는 마. 이 복잡한 매트릭스에서 벗어나 천진난만하고 깨끗하게 단순하며 "에이, 뭘 그리 심각해. 좋게 좋게 생각해. 즐겁게 살자!" 할 수 있는 남자들에게 때로 불같은 시기심이 드는 것을 이제는 그럴 수 있다고 나에게 말해줄 참이다.

누군가가 나에게 바보라고 하는 게 부당하게 생각되면 굴욕감을 느끼고, 당연하게 생각되면 수치심을 느낀다고《수치심 권하는 사회》에서 브레네 브라운은 말한다. 또한 굴욕감을 느끼는 상황이 반복되면 수치심으로 바뀔 수도 있다고 덧붙인다. 이 사회의 많은 여자들이 겪는 게 이런 수치심 아닐까? 가정과 사회에서 나를 중요하게 여기지 않는 상황들을 반복해서 마주하다 보면 처음에는 당연하지 않아서 모욕을 느끼더라도 일상적으로 끈질기게 반복되다 보면 어느새 익숙해져 수치심을 내면화하게 되는 것 아닐까?

내가 중요한 사람이라는 것을, 이 사회와 국가와 세상에 중요한 영향을 끼칠 사람이라는 것을 인정받지 못하다 보면 스스로에 대한 인식도 그렇게 변해갈 것이다. 집안에서 아버지와 오빠와 남편과 아들에게 순위가 밀리는 여성이 세상에 나가 자신의 뜻을 자유로이 펼치고 자기 존재에 대한 아무런 수치심 없이 확신을 가지기는 쉽지 않으니까. 여성을 이등 시민 취급하고 덜 중요한 사람으로 여기는 세상의 법칙과 사회 분위기가 여성에게 수치심을 주입하는 것이나 마찬가지인 것이다.

가끔 여자들 무리에 끼어 있으면 나는 다른 사람들이 이 모임을 사소하고 하찮고 쓸모없는 것으로 보면 어쩌나 하는 생각을 한다. 끔찍한 생각이다. 내가 속한 곳을 주체적인 시선이 아니라 외부의 시선으로 바라본다. 그건 사회의 시선이자 남성의 시선이다. 자연스레 자기검열이 심해진다. 이렇게 보여서는 안 돼, 외모에 신경 쓰는 것처럼 보여서는 안 돼, 수다를 떠는 것처럼 보여서는 안 돼, 놀고 있는 것처럼 보여서는 안 돼. 나를 점검하며 신뢰하지 못하는 모습을 책《마이너 필링스》에서는 이렇게 묘사한다. "자아는 자유 낙하하는데 초자아는 무한대로 커져서, 니리는 존재는 부족하다고, 결코 충분치 못하다고 다그친다." 여자들과 둘러앉은 나는 자꾸 나를 다잡고 자세를 고쳐 앉는다. 대화의 몰입도가 떨어질 수밖에 없다.

알고 있다. 여자들이 수다를 떠는 게 아니라 여자들의 대화를 바라보는 남성적 시선이 그것을 수다로 만든다는 것을. 사회의 시선이란 남성의 시선이고 남성의 시선 안에 여성인 나를 존중하는 시선은 없다. 남성적 잣대는 언제든 나를 충분히 인정해주는 일이 없다. 나라는 여자에게는 숨길 수 없는 구멍이 나 있어 결코 그릇 가득 물을 채울 수 없다. 구멍을 막으려 애쓰기보다 주어진 그릇을 바꾸어버리고 직접 만든 그릇에 나를 담으려 애쓰는 게 지금 여기에 선 나의 최선의 삶일 것이다.

5장
•
완벽과
충분 사이

나만 그런 줄 알았어

수치심 워크숍을 열기로 한 건 순전히 나를 위해서였다. 원고를 붙들고 오랫동안 씨름 중이었고 다른 책을 작업할 때와 비교할 수 없이 괴로움을 겪고 있었다. 물론 전에도 초고가 어렵네 퇴고가 어렵네 푸념을 늘어놓곤 했지만 이번엔 정말 달랐다. 몇 시간을 내리 앉아 있어도 글을 쓸 수가 없고 소재를 떠올리기만 해도 노트북을 닫아버리고 싶고 내가 쓴 글을 다시 읽는 것도 괴로웠으며 한 편의 글을 도저히 완성할 수가 없어 조각난 글들만 겨우 조금씩 써내던 중이었다. 곁에서 보다 못한 친구가 아이디어를 냈다. 우리가 수치심에 대해서 대화하는 내용만으로도 재밌고 유익한데 이걸 다른 사람들과 함께 나누는 워크숍을 만들면 같이 돈도 벌고 나는 나대로 글쓰기에 도움을 받을 수 있지 않겠냐는 것이었다.

"정말 멋진 아이디어이고 제안해줘서 고마운데 나는 못 하겠어."

택시를 타고 이동하면서 친구에게 전화를 걸어 말했다. 하지만 그는 포기하지 않았다. "못 하겠는 이유가 뭐야?" 내가 보기에 그는 아주 보편적인 수치심의 소유자였다. 만성적이고 내면화되고 뿌리 깊은 수치심의 소유자인 나와는 다른. 아무리 준비가 되어도 부족한 것 같아서 내 존재가 드러남을 망설인다는 걸 그가 이해할까?

아직 스스로 정리가 안 돼서 글도 못 쓰고 있는데 다른 사람들에게 전달할 수 있을지 자신이 없다는 말에 그는 이대로도 충분하다고 했다. 충분하다는 말은 참 듣기 좋다. 훌륭하다거나 대단하다는 말에 비해 과장이 없어 "정말?" 하고 되묻는 말 끝에 조금 더 웃음이 묻어나오게 만드는 듣기 좋음이다. 조금 더 믿어볼 수 있는, 조금 더 기대보고 싶은 단단한 말이다. 그래서일까 그의 말을 들으면서 가르치는 게 가장 좋은 학습이라는 말을 슬며시 떠올렸다. 워크숍에서 전달하기 위해서라도 나는 강제로 머릿속의 수치심 폴더를 정리해야만 할 것이다. 도무지 손을 댈 수 없다고 느껴질 만큼 중구난방으로 집어넣은 지식과 정보, 경험과 생각을 밖으로 꺼낼 만큼은 정돈하게 될 것이다. 그럼 나는 글을 쓸 수 있을지도 모른다.

예전에 썼던 일기로 워크숍의 문을 열기로 했다. 수치심을 인지하게 된 어느 날의 일기였다. 수강생들끼리 서로의 글에 대해 감상을 주고받는 글쓰기 수업에서 내가 한 피드백이 글쓴이의 마음을 상하게 한 그날이었다. 완벽하지 않은 나를 들킨 기분이었고 내가 누군가를 상처주는 못난 사람이 되었다는 사실을 받아들이기 어려웠다.

'어제 일을 겪으며 내가 얼마나 다른 사람에게 상처주는 자신을 견디지 못하는지 확인하는 기분이었다.'

이제는 워크숍 공동 운영자가 된 친구에게 보여주자 그가 비명을 꽥 질렀다.

"왜 이렇게 착해? 상처 주는 걸 견디지 못한다니, 나는 상처받는 걸 못 견디는데…"

아니, 착한 게 아니야. 그러나 수치심은 자주 나를 착하고 순응하고 예의 바르고 꼼꼼하고 성과를 내는 사람으로 만든다.

"그건 좋은 거 아니야?"

친구가 묻는다. 더 나은 사람, 더 좋은 사람으로 만드는 데 수치심이 일조한 건 아닌가 하고.

비슷한 질문이 있다. "완벽주의는 더 나은 성과를 만드는 데 도움이 되지 않나요? 스스로는 좀 힘들지라도요." 무한경쟁사회에서 자기 자신을 착취하더라도 좋은 결과물을 낼 수만 있다면 그만한 가치가 있는 게 아닌지, 결과가 착취를 보상해주는 것 아닌가 하고 말이다. 이와 관련해 클라우스 베를레는 《완벽주의의 함정》에서 완벽에 대한 열망이 어떻게 새로운 사회적 신앙이 되었는지를 설명하며 완벽주의는 장기적으로 결과물의 질에 긍정적인 영향을 미친다고 보기 어려울 뿐만 아니라, 완벽주의자는 평생 원하는 것을 얻지 못한다고 말한다.

수치심도 마찬가지다. 어떻게 해도 채워지지 않는 자신의 부족함을 채우려 애쓰고 감추는 동안 남들이 보기에 얼핏 꽤 괜찮은 모습으로 비칠 수도 있다. 하지만 내면의 초조함과 공허함, 불안과 우울은 남모르게 자신을 괴롭히고 결국에는 잘 만들어갈 수 있었을 관계들, 즉 타인과의 관계, 세상과의 관계, 나 자신과의 관계를 좀먹는다.

*

　수치심 워크숍을 연 사람으로서 나는 수치심에 대해 말하는 것이 권장되는 자리에 놓였다. 수치심을 많이 말할수록 수치심 워크숍을 열 만한 사람이 되니까 잃을 게 없었다. 그 점이 용기를 내볼 수 있게 도와주었다.

　내가 말하는 수치심 중에서 다른 사람들에게 공감받지 못하는 것은 신기할 정도로 없었다. 다른 사람들의 이야기도 마찬가지였다. 서로의 수치심을 이야기하고 그것의 기원을 찾아보는 우리만의 거품 안에서 이해하지 못하거나 이해받지 못할 건 하나도 없었다. 아마도 우리가 소수의 모임이었고 나와 친구 주변으로 연결된 사람들, 가치관의 일부를 대체로 공유하고 있다고 볼 수 있는 사이였기 때문에 가능한 마법 같은 버블이었겠으나 나는 이 버블이 충분히 커질 수 있음을 믿는다. 우리의 수치심은 다르지만 같았고 같지만 달랐으며 매번 새롭게 마음을 울렸다.

　우리는 두려움, 취약성, 거기에서 나온 수치심을 나

누었다. 나를 포함하여 워크숍에 참여한 사람들이 공통적으로 갖고 있는 두려움에는 이런 것들이 있었다. 눈치 없이 민폐 끼치는 사람이 되는 것에 대한 두려움, 똑똑하지 못한 것을 들키는 두려움, 일에서 실패하고 동료들에게 미움받을지 모른다는 두려움, 외로움에 대한 두려움과 외로움을 들킬까 봐 두려운 마음, 무능과 뒤처짐과 쓸모없음에 대한 두려움.

　　이런 두려움의 전제에는 괜찮은 사람이란 똑똑하고 독립적이고 성공하고 다른 사람에게 둘러싸인 사람이고 그렇지 못하면 실패이자 실망받고 남들이 나를 떠나갈 것이라는 신념이 도사리고 있다. 이 신념은 왜 이렇게까지 보편적일까? 우리는 이 생각을 언제 누구에게 어떻게 전해 받았을까? 쓸모의 기준은 누가 무엇을 위해 정했을까? 나는 무엇 앞에서 주눅이 들까? 내가 타인을 평가하는 기준은 무엇일까? 나를 평가하는 기준과 타인을 평가하는 기준, 그 둘의 범위 안에서만 사람은 움직인다고 했을 때 나의 제한된 범위는 무엇일까? 나를 둘러싼 환경과 내가 속한 사회에 대해 생각해보고, 수치심을 인정하고 회복해나갈 용기가 있었더라면 확장되었을 나의 세계와 내가 느꼈을 즐거움과 삶의 의미를 상상해보는 시간이었다.

　그렇지만 이 과정이 수월하지만은 않았다. 수치심에 관해 생각하는 것은 나를 도망치고 싶게 만든다. 그건 나의 수치심이 아니라도 그랬다. 책을 읽고 논문을 찾아보고 수업 자료를 준비하고 워크숍에 참여한 사람들의 글을 읽으며 때때로 도망가고 싶어질 때가 있었다. 전부 내던지고 아무 생각도 하고 싶지 않다는 느낌. 진이 빠지는 느낌이기도 하고 두렵다는 느낌이기도 하고 피로하다는 느낌이기도 하다.

　아마도 타인의 수치심이 나의 수치심을 떠올리게 만들기 때문일 것이며, 우리의 수치심이 연결되어 있다는 감정적 증거일 것이다. 오로지 나만 겪는 문제라는 좁은 시각에서 벗어나 한 발자국 물러나 바라보며 공통의 문제라는 것을 깨달을 때마다 나는 위안받고 한없이 아득해진다.

　이미 알고 있던 사실이라도 눈앞에서 다른 사람의 입으로 듣고 몸으로 감각하는 것은 완전히 다른 차원의 경험을 선사한다. 나만의 문제가 아니라는 걸 알게 되었으면서도 내 이야기에 반응하는 다른 사람들의 "이해해요" "나도 그래요"라는 말을 들으면 마음에 담요가 덮이는 기분이다.

수치심에 대해 쓰고 말하고 나누기 시작하면서 나는 "또 나만 그런 줄 알았네"라는 말을 입에 달고 지냈다. 무엇도 나만의 수치심이나 나만의 괴로움이라고 할 수 없었다. 수치심의 특성상 여전히 나만 이상하고 나만 부족해서 감추어야 한다는 생각을 완전히 떨칠 수는 없지만 적어도 수치심을 입 밖에 내고 그것에 관해 다른 사람들의 공감과 이해와 그들 각자의 이야기를 듣는 동안에는 이런 걸로 괴로워하는 사람은 세상천지에 나 하나뿐이라는 생각에서 벗어날 수 있었다.

쉬이 발설하지 못하게 만드는 것, 말해봤자 이해받지 못할 거라는 두려움을 내면 깊이 심어놓는 것, 그리하여 혼자 고립되게 만드는 것이 수치심의 고약함이다. 이렇게 많은 사람들이 나처럼 성취에 대한 압박을 갖고 있을 거라고 지금까지는 미처 상상하지 못했다. 돌아보면 능력지향적이고 성취중심적인 경쟁사회에서 대다수의 사람들이 공유할 만한 억압일 것임에도 수치심을 잔뜩 끌어안은 나는 오로지 혼자 삭여내고 혼자 해결해내야 하는 두려움이라고 여겼다.

물론 한 번 입 밖으로 꺼낸다고 해서 단숨에 해결되

지는 않는다. 그럴 수 있다면 수치심에 대해 이렇게 긴 글을 쓰고 있지도 않을 것이다. A를 만나 수치심을 공유하고 공감과 이해를 나누고 나면 한결 마음이 편안해지지만 다음 날 B를 만나 다시 나의 수치심을 드러내는 것은 새로운 과제처럼 느껴진다. 겹겹이 쌓아놓은 수치심의 먼지 장벽을 하나씩 조심스레 벗겨내 가는 과정이라고 생각하지만, 워낙 더께가 누텁게 내려앉아 있어 그것을 하나씩 잡아 올리는 일이 참으로 지난할 수밖에 없다. 때로는 하루 날 잡고 앉아서 마음속 모든 이야기를 꺼내놓고 울고 불고 가슴을 팡팡 두드리고 소리를 쳐가며 살풀이를 하고 나면 거짓말처럼 짠, 말갛고 깨끗한 마음이 되어 있기를 바라는 환상을 마음 한편에 간직하고 있다.

하나씩 알아가는 중이다. 이 수치심은 혼자서만 겪는 것도 아니고 혼자서만 만들어낸 것도 아니겠다는 깨달음. 수치심이 어떻게 사회화되어 왔는지, 사회화된 수치심이 개인의 특성과 어떻게 상호작용하는지 생각해본다. 그리하여 이 수치심이 정말 내 것일까? 물을 수 있게 되었다. 그러니까 처음 워크숍을 열 때의 기대와 조금은 같고 조금은 다르지만 분명히 얻었다. 나는 어딘

가 잘못되고 어긋나서 나라는 인간의 개성은 숨겨야만
한다는, 목을 죄고 있던 무언가의 힘이 조금 느슨해지
는 안심을 말이다.

너에게 기대기 위해서는

식당에는 옛날 히트곡들이 흘러나오고 있었다. 파트너와 함께 가볍게 멜로디를 흥얼거리며 주문한 음식을 기다리고 있었다. 창밖을 바라보며 지나가는 사람들을 무심한 시선으로 좇고 있던 순간, 나도 모르게 불쑥 울컥하고 눈물이 올라왔다. 파트너가 휘둥그레져 나를 바라보았다.

"과거에 이 노래가 크게 유행했었지, 많은 사람이 같은 추억을 공유하는구나 싶어져서…"

눈물이 그렁한 눈으로 말하자, 그가 물었다.

"그게 왜 그렇게 눈물 나는 일이에요?"

"그러게요. 다른 사람들과 함께 살아갔다는 감각이

왜 이런 느낌을 불러일으킬까요? 슬픔도 아니고 그리움
도 아니고 뭐랄까, 나 혼자가 아니었구나 하는 안도감
같은 것?"

　연구실 동료들이 졸업식 날 꽃다발과 함께 건네준
편지를 읽었을 때가 떠올랐다. 함께 보낸 시간에 대한 소
회와 감상, 같이 겪었던 일들이 쓰여 있는 편지들을 읽
으며 나는 지금과 똑같은 느낌으로 눈시울을 붉혔었다.

　'수업 듣고 연구하고 논문 쓰고 졸업하는 과정 동안
나 혼자가 아니었네. 그들과 함께 마음을 나누었고 도
움을 받았기에 할 수 있었던 거잖아. 혼자 해낸 것이 아
니지.'

　버겁다는 느낌은 나를 은근하게 짓눌러 왔다. 항상
혼자 헤쳐 나가야 하고 혼자 애써야 하고 혼자 달성해
야 한다는 강박을 갖는다. 지금 가로막힌 장애물은 나만
겪는 것이고, 무언가를 이루고자 하는 방식도 남들과는
다른 특이한 성정에서 나오는 독특한 방식이기 때문에
같은 일을 겪는 동료들과도 나누어야겠다는 생각을 쉽
게 할 수 없었다. 자연히 속내를 타인에게 털어놓는 일
도 적었고 어려운 일이 닥쳤을 때 누군가에게 도움을
청하거나 고통을 호소하지도 않았다. 그럴 수도 있었음

을 남들이 하는 걸 보고서야 깨닫는다.

　에어컨 바람이 너무 차서 종아리가 아려와도 말하지 않는다. 내 몸이 유난스럽게 약할 뿐, 보통의 건강한 사람들은 한여름의 더위에 열이 올라 있을 테니까. 논문을 쓰다 막혀도 내가 부족한 탓이라 나만 겪는 문제일 테니 알아서 해결해야 한다고 생각한다. 그런 게 바로 고립이었다. 나는 타인과 연결될 수 없기에 혼자 버텨야 한다는 인식이 오래 가져온 고립감의 핵심 경로였다.

　느슨하거나 조여진 연결감을 느낄 때마다 감정이 북받치는 건 역으로 그만큼 고립감을 느끼고 있었기 때문이다. 혼자 헤쳐 나가야 한다는 생각은 나를 독립적인 사람, 알아서 잘하는 사람으로 만들지만, 그것보다 더 중요하게 나를 고립된 사람, 홀로 고군분투하는 사람으로 만든다. 독립적인 사람으로서 스스로 성취해내는 것에 대한 기쁨과 만족도 존재하지만, 그 아래에 깊고 넓게 외로움과 고독이 깔려 있다.

　그러나 이 또한 나만의 일이 아니었다. 수치심 워크숍에서 많은 이들이 '독립적이어야 한다', '의존하면 안 된다'는 압박에 관하여 고백해왔다. 혼자서도 단단해야 하고 편안해야 하고 외롭지 않아야 한다고 이 사회는 말한다. 혼자서 완전한 사람이어야 함께도 잘 있을 수 있다고 말이다. 물론 과한 의존성에 대한 경고겠지만 때로는 외로움을 못난 감정으로 치부하는 협박 같기도 하다. 외로워하거나 누군가의 도움을 필요로 하는 건 그리 당당한 일이 아니고 의존은 곧 나약함의 상징처럼 여겨진다. 그래서 혼자 이것저것을 해내다 보면 혼자가 편안하고 혼자가 자연스러워지고 어느덧 자의로 혼자이고자 하면서도, 때때로 어쩔 수 없이 타인과 연결되고 싶은 마음이 공존하는 내면을 발견할 때면 혼란스럽고 자신을 이해하기 어려워진다. 한 사람 안에는 한 가지 일관된 생각과 태도만 있어야 하는 것처럼 우리는 자신의 모순적인 모습을 받아들이기 어려워한다.

어떤 면에서 독립에 대한 과한 집착은 오만이다. 타인의 도움 없이 해내야 한다는 강박은 오로지 혼자서 해낼 수 있다는 믿음과도 맞닿아 있다. 이것은 실상 불가능한 일이며 자신에 대한 지나친 믿음이자 책임 부여임을 상기해본다면 모든 걸 스스로 할 수 있다는 생각은 허상이고 모든 걸 내 통제대로 이룬다는 생각은 자만이라고 할 수 있다. 그러나 우리가 억지로라도 자만을 만들어온 이유는 지금껏 약점을 드러내지 말라고 배워

왔기 때문이다. 약점을 공개하는 건 남들에게 공격할 수단과 빌미를 제공할 뿐이니까. 취약한 건 약한 거고 약한 건 나쁘고 부끄러운 거라고 배워왔다.

그런데 의존하려면 다름 아닌 바로 그것들을 보여야 하는 것이다. 취약함을 말하고 감정을 나누고 깨져 있는 나를 드러내야 한다. 꼿꼿하게 무장한 채로는 기댈 수 없다. 하지만 무장해야만 세상이라는 진창에 나갈 수 있다고 믿는 우리에게 건강한 의존과 도움 요청은 어려울 수밖에 없다. 그러므로 우리가 마음 놓고 취약함을 드러내기 위해서는 굳건한 조건이 필요하다. 흔들리지 않는 애정에 대한 믿음, 약한 모습을 보인다고 해서 나를 떠나지 않을 거라는 믿음, 나의 약함을 무기로 삼아 나를 비난하거나 판단하지 않을 거라는 믿음, 그게 있어야 비로소 우리는 취약해질 수 있다.

그런 사람과 삶의 동반자로서 오랜 시간 일상을 함께 하면서 나는 조금씩 변하고 있다. 나를 드러내도 괜찮다는 믿음은 스스로 나를 만나도록 이끌었다. 내가 나를 만나는 건 이곳저곳의 면면과 감정을 마주하고 감당한다는 뜻이다. 허름한 식당에서도 적극적으로 맛을 음미하고 국물이 조금 더 깊은 맛이었으면 좋았을 텐데

따위의 평을 한다. 실망하지 않기 위해 미각을 눌러 놓지 않는다. 실망해도 괜찮다는 태도이기도 하지만 맛이 없다는 게 딱히 실망 거리가 아니라고 생각한다. 맛없는 음식이 나의 기분을 망치도록 내버려두지 않는다. 맛을 느끼기 시작하면서 오히려 그렇게 됐다. 세심하게 음미하고 좋은 맛을 찾아다니고 맛있는 음식 앞에서 만족스럽다고 말하는 사람과 함께 자주 많은 식사를 하면서부터 닮아 갔다. 조심스레 맛을 인지하는 감각을 깨웠고 그건 일상에서 꽤 쉽게 만날 수 있는 즐거움이었다. 이제 오늘 점심으로 먹고 싶은 메뉴를 떠올릴 수 있다. 여행지에서 맛있는 음식을 찾는 게 중요해졌고 나를 즐겁게 하는 맛 앞에서 행복해할 수 있다.

감각과 감정은 같은 중추에서 담당하는 것일까? 맛을 느끼기 시작한 것과 울기 시작한 게 비슷하게 진행되었다는 점을 떠올리면 신기하다. 나의 눈물 여정은 결혼 이후 몇 년간 아주 천천히 진행되었다. 처음에는 소리만 냈고("엉엉"), 하품이 나오면서 눈물이 찔끔 비쳤고, 우는 바이브로 할 말을 하다 보면 눈을 끔뻑거렸을 때 한 방울쯤 떨어질 정도가 되었다. 눈물 여정의 하이라이트는 맛을 느끼는 그 사람과 우리 둘만 존재하는 우리 집에서 책상에 엎드려 대성통곡을 하던 날이었다. 내가 느끼는 감정에 토를 달지 않는 사람이 곁에 있었다. 어떤 감정이든 '네가 이상하다'고 말하지 않는 게 나를 털어놓을 수 있게 만들었고, 내 몸 밖으로 감정들이 쏟아져 나왔다. 그렇게 밖으로 털어내고 나면 그 '말할 수 없는 감정'에서 조금 놓여나는 기분이었다.

아직은 과정 중에 있다. 파트너 앞에서만 울 수 있고 그와 함께 있을 때 가장 풍부하게 맛을 느낀다. 여전히 다른 사람들 앞에서 긴장하고 감정을 즉각적으로 알아차리기 어려워한다. 분명히 중대한 변화를 겪었지만 감정과 감각의 자의적 마비는 전반적인 자아에 손길을 뻗쳐 놓았음을 맛을 느끼고 울기 시작하면서 더욱 실감하고 있다.

그럼에도 분명한 건 감정과 감각을 표현해보면서 점점 더 나에 관하여 알아간다는 점이다. 인식하고 표현하는 순서도, 표현하면서 인식하는 순서도, 양쪽 모두 가능하다는 걸 알아간다. 너의 응원을 받아 나를 알아가고 알아낸 나를 너에게 표현해낸다. 앞으로 계속해서 감정과 취약성에 대해 편안해지고 싶다. 자신을 잘 알지 못하고 들여다보기를 불편해한다면 나를 남에게도 표현해낼 수 없다. 드러내지 않으면서 진정으로 속할 수는 없다. 그러니 우선은 취약성과 잘 지내면서 내 안의 평화를 되찾아가려 한다. 그러면 나는 너에게 기댈 수 있을 것이다.

수줍은 사람이 아니에요

문득 깨달아지는 것도 있다. 오래 전 어드메선가부터 나를 수줍은 사람으로 인식하고 있었는데 그게 사실이 아닐지도 모르겠다고 며칠 전에 생각했다. 별안간 내가 수줍은 사람이 맞나? 하는 질문이 생겨났을 때 대답은 '아니'라는 단호한 문장이었다. 그건 나랑 어울리지 않는 형용사야. 그러나 곧바로 이어서 그럼 지금까지 보였던 수줍은 태도는 뭐야? 하는 반박이 솟아올라 대립했다. 자신에 대해서 정의할라치면 스펙트럼의 양끝에서 마치 보색처럼 서로 상반된 빨강과 초록의 목소리가 튀어나와 바로 제가 나라고 주장하는 건 내 심적 혼란의 중심이다.

내가 생각하는 나는 수줍어서 얼굴을 붉히는 사람보다는 무표정과 동요하지 않는 심장으로 연연하지 않는 사람이다. 다른 사람들은 전자가 내 모습에 더 가깝다고 느끼겠지만 아무리 생각해도 내가 느끼는 마음은 수줍지가 않다. 그건 내가 나를 다르게 내보이는 데 베테랑인 때문이기도 하고 한편으로는 나를 제대로 내보이는 데 영 젬병인 때문이기도 하다.

'새로운 사람에게 다가가기 어려워하는 건…'까지 생각하다가 빨강이가 말을 끊는다. 솔직히 말해 봐, 정말 어려워? 초록이가 멈칫한다. 아니, 모르는 사람에게 말 한마디 붙이는 건 그리 어려운 일이 아니야. 빨강이가 재촉하듯 묻는다. 그런데도 피하는 건 왜야? 초록이가 잠시 생각에 잠긴다.

그렇다. 확실히 수줍은 마음은 아니다. 처음 보는 사람에게 쉬이 다가가 이런저런 이야기를 늘어놓지 않는 이유는, 수줍음보다는 긁어 부스럼 만들지 않으려는 태도에 가깝다. 싫어하는 속담이지만 가만히 있으면 중간은 간다는 꽤 한국적인 태도의 일환이다. 새로운 사람은 아직 파악되지 않는다. 그가 좋아할 만한 화제를 꺼내고 그와 함께 있는 자리에 적절한 대사를 쳐야 하는데 정보가 없는 채 나를 드러내기가 어려운 것일 뿐이다. 어느 면을 꺼내야 할지 결정하지 못한 채라서 그렇다.

자기검열과 완벽주의, 누구의 기분도 상하게 하면 안 된다는 불안, 옳은 말만 해야 한다는 강박 때문에 결과적으로 사람들 앞에서 말하는 데 수줍은 태도를 보이는 건 수줍은 사람일까 아닐까? 수줍음이 단지 증상을 나타내는 단어라면 어떨까. 복통에는 여러 원인이 있고 전부 다른 종류의 통증이어도 배가 아픈 증상을 복통이라고 공통적으로 칭하는 것처럼.

숫기가 없어서 다른 사람 앞에서의 말과 행동을 부끄러워하는 것이 수줍음의 사전적 정의라는데 역시나 증상 위주다. 숫기가 없다는 말이 원인처럼 쓰여 있지만 실상 동어반복에 가깝지 않나. 나로 말할 것 같으면 넉살은 없어도 숫기는 있다. 친척들이 모인 자리에서 담다디 춤을 추는 아이였고 대학 동아리 행사에서 사회를 보기도 했다. 사회를 본 기억을 떠올려보면 커다란 강당에 사람들이 많았다. 그래도 그리 긴장하지 않았다. 왜냐면 대본이 있었으니까. 대중 앞에서 대본대로 말하는 것보다 오히려 대여섯 명 앞에서 내 생각을 말하는 걸 더 어려워한다. 그건 어려움의 방점이 찍히는 곳이 사람들 앞에서 말하는 것이 아니라 날 드러내는 것이라는 뜻이다. 점차 평가에 민감해지고 자아에 몰두하게 되면서 엄밀히 말하자면 나를 '드러내는' 게 아니라 '나'를 드러내는 게 어려워졌다.

그러니 숫기가 없어서 수줍어한다기보다 자신에 대한 수치심 때문에 수줍은 태도를 보인다고 말할 수 있겠다. 내가 수줍은 사람이냐 아니냐는 더 이상 중요하지 않다. 수줍은 태도가 수치심에서 나오고 수치심이 수줍음으로 드러나고 있다는 것, 나로서 존재하는 게 불편해서 말이 적은 사람으로, 조용하고 차분한 사람으로, 수줍고 내향적인 사람으로 자신을 포지셔닝하는지도 모른다는 것, 그것이 나에 대한 발견이다.

수줍음에 관해 의심하게 된 건 정말로 수줍은 듯한, 그리고 그 수줍은 태도가 마냥 사랑스러운 사람을 마주한 덕분이었다. 말할 때 살짝 얼굴을 붉히면서 눈을 내리깔고 희미한 미소를 띠기도 하는 그에게 왠지 모르게 마음이 가서 괜찮다고, 수줍어도 괜찮고 부끄러워하지 않아도 괜찮다고 말해주고 싶은 동시에 수줍어하는 태도가 그의 말에 더 귀를 기울이게 만듦을 느꼈다. 수줍음은 그런 것이었다. 다른 사람으로 하여금 그렇게 만드는 것이었다. 수줍음이라는 말은 단어 자체부터 사랑스럽고 귀엽고 따뜻하고 안아주고 싶은 느낌을 자아낸다. 그건 수줍은 사람들이 보이는 모습과 풍기는 분위기 때문일 것이다. 그러면 나를 수줍은 사람으로 여기지 않는 건 내가 이런 이미지와 다르다는, 나라는 사람을 사랑스러운 손재로 바라볼 수 없게 만드는 수치심 때문이기도 할까? 수줍음이 나와는 어울리지 않는 말처럼 느껴지는 이유 말이다.

귀엽고 사랑스럽고 따뜻함이 나는 조금 갑갑하다. 깨부수고 벗어던지고 싶은 껍질처럼 느껴진다. 내가 수줍은 사람과 거리가 얼마나 먼지 들여다보는 것과 별개로 수줍음이 연상시키는 이미지를 스스로 받아들이지 못하는 것은 또 다른 문제일 수 있다. 내가 느끼는 나는 수줍음보다는 훨씬 더 거침없고 시원스럽다. 수줍기도 하고 거침없기도 한데 특정한 영역을 드러내지 못하고 있기 때문에 나를 수줍은 사람이라고 속 시원히 인정하지 못하는지도 모른다.

내가 나인 것에 충분히 편안해하고 내가 나를 충분히 표출한다면 나는 얼마큼 수줍어하고 얼마큼 거침없는 사람이 될까? 빨강과 초록이라는 보색을 모두 담고 있는 마음이 조화롭게 섞인다면 어떤 빛깔을 띠게 될까? 자신을 사랑스러운 존재라고 인정할 수 있다면 나는 수줍음을 어떻게 생각하게 될까? 귀여우면서도 시원스러운 사람, 따뜻하면서도 거침없는 사람이 되는 법을 알게 된다면, 그리고 그건 지금 그대로 그저 내 안의 모순을 받아들이기만 하면 된다는 것을 머리로만이 아니라 마음 깊이 알게 된다면 나는 얼마나 자유로워질까? 그때는 내가 수줍은 사람이든 아니든 정말로 상관없을 것만 같다.

오후 세 시의 수치심에 관하여

시간을 자유롭게 쓰고 아무 데나 훌쩍 떠나서 자기가 좋아하는 일을 원하는 만큼 하는 자유로운 영혼을 얼추 프리랜서의 동의어로 여기는 풍조를 종종 느낀다. 프리랜서는 직장인이나 봉급생활자처럼 혹은 그보다도 더 큰 범위를 아우르는 단어라 그 안에는 일의 종류, 계약 형태, 노동 강도나 보상 체계 등에서 하나로 어우러지기 힘든 다양한 차이가 존재하지만, 어쨌거나 한 조직에 전속되지 않는다는 중대한 공통점이 있고 여기에 따라오는 시선과 고정관념이 공통적으로 적용된다.

한낮에 카페에서 일하는 건 어딘가에 소속되어 자리를 지키고 있어야 하는 사람의 입장에서 감탄과 탄식이 한꺼번에 나올 만한 상황이다. 그들 중 어떤 이들은 자신의 처지를 한탄하며 부러워하지만 나는 그들이 진심으로 부러워하는지에 관하여 회의적으로 되는 순간이 있다. 자기에게 없다고 여기는 것에 순간적으로 십중하는 마음이야 극히 인간적이겠지만 정기적으로 나오는 월급과 울타리의 안정감, 그리고 그런 일의 형태가 주류이고 그것을 기준으로 설계되어 있는 사회문화로 인해 얻는 이점 등 자신이 가진 걸 보려 하지 않은 채 입으로만 내뱉는 부러움의 탄식이 정말로 좋게 들릴 수 없는 것이다. "이 시간에 카페로 출근해서 글을 쓴다니, 완전 한량이네"와 같은 말로 깎아내리는 것 역시 부러움과 질시에서 나오겠지만 그마저도 왠지 모르게 그들이 자신의 소속됨을 스스로 안심하거나 긍정하려는 시도로 느끼고 마는 건, 그들이 꼬인 탓인지 내가 꼬인 탓인지 잘 모르겠다.

　　프리랜서라는 단어에서 대다수의 사람들에게 제일 먼저 눈에 띄는 영역은 아무래도 '프리'인 듯싶다. 차라리 우리말로 '자유계약자'라고 명명했다면 어땠을까? 사전에 나오는 정의대로, 일정한 소속 없이 자유 계약으로 일하는 사람이라는 뜻을 요약해서 '자유계약자'라고 부른다면, 그때는 다시 '자유'라는 말에 꽂혔을까? 모르는 일이다. 지금 내 생각으로는 '독립'이라는 말이 프리랜서라고 불리는 노동자에게 적합한 명명이지 않을까 싶다. 독립계약자 혹은 독립노동자. 인디 밴드나 독립 출판 같이. 조직에 속하지 않은 채 별개의 계약들로 혹은 스스로 노동하는 사람.

아홉 시부터 여섯 시까시 정해진 징소에 묶여시 노동력과 시간을 제공하는 것, 바로 그 점이 너무 끔찍해서 조직에서 몇 번이나 뛰쳐나와 놓고서도 나는 자신에 대한 사실을 받아들이기가 어려웠다. 다들 하는데 나도 하면 하지 않을까? 대체로 순응하는 편이잖아. 학교도 잘 다녔고 규칙도 잘 지켰어. 하려고 들면 못 할 게 뭐가 있겠어. 이런 마음으로 첫 회사에 들어갔고 남들 눈에는 천국인 그곳이 나에게는 지옥이었다. 사무실 창밖으로 오가는 버스와 걸어다니는 사람들을 보며 이해할 수 없는 박탈감을 느꼈다. 나도 내 발로 내 길을 가고 싶어. 사무실과 책상에 발이 묶여 있는 게 아니라. 그렇게 퇴사를 해놓고도 이 사회에는 조직이 제공하는 것만큼 편리하고 기회가 많은 독자 노동의 자리가 많지 않아, 이번에는 좋아하는 업무니까 다르겠지 하는 마음으로 들어간 조직에서 또다시 뛰쳐나오면서 내 생애 다시 조직 생활은 없으리라 다짐했다. 이유야 여럿이지만 역시나 제일 큰 이유라면 하루의 대부분을 오도가도 못한 채 한자리에 붙박여 있어야 한다는 점이었다. 원하는 시간에 원하는 곳에 존재할 수 있는 권리가 나라는 사람에게 있어서는 필수 인권이나 마찬가지처럼 느껴진다.

그러나 그것을 감당하지 못하는 사람이라는 부끄러움은 사라지지 않는다. 내 나름의 확고하고 타당한 이유가 있음에도 불구하고 이 사회에서 상정하는 일반 노동자가 아닌 조금 어긋난, 조금 부족한 노동자가 되는 것은 부끄러운 일이다. 왠지 모르게 나를 숨겨야 할 것만 같은 기분에 사로잡힌다.

오후 세 시쯤 집을 나서서 병원에 가거나 은행 업무를 처리하거나 마트에 가서 장을 보거나 허리 통증을 줄이기 위한 산책을 하거나 택시를 잡아타고 운동 스튜디오로 향하는 일은, 이상하게 들리겠지만, 부끄럽다. 남들이 한창 일하고 있을 시간인 오전 아홉 시에서 오후 여섯 시 사이에 자유롭게 돌아다니는 모습을 보이는 것이 신경 쓰인다. 병원과 은행과 마트의 직원에게, 택시 기사에게, 그저 거리에서 스쳐 지나가는 행인들에게, 내가 어떻게 보일지 생각하는 것이다. 스스로 밥벌이를 하지 못하고 어딘가에 기대어 지내는 존재처럼, 잉여의 존재처럼 여겨지지는 않을까? 오후 세 시의 집 밖의 나는 어딘지 당당하지 못하다.

　미래의 모든 노동자는 프리랜서가 될 것이라 주장하면서, 이것이 독자적이고 자유로운 궁극의 노동 형태라고 주장하면서, 어찌 이리도 모순된 마음을 가지는가. 마감이 있을 때면 밤늦게까지도, 주말에도, 정해진 시간 없이 일하면서도. 밥 먹는 시간조차 의미를 찾아야 한다는 강박에 업무나 자기계발과 관련된 유튜브를 보면서도. 왜 오후 세 시에 집 밖에서 볼일을 보고 있다는 사실만으로 내 존재가 부끄러워지는가. 단지 직장인과 다른 타임라인, 다른 일정, 다른 시스템에 속해 있을 뿐인데. 남들 하는 대로 해야 한다는 말에 질색을 하면서 남들 하는 대로 하지 않는 것에 대체 왜 수치심을 갖는가.

　만약에 여전히 같은 방식으로 같은 시간 일하더라도 버는 돈이 훨씬 더 많아지면 어떨까? 지금 내 나이대 직장인의 평균 연봉 정도, 혹은 그 이상을 벌고 있다면 나의 수치심이 혹시 작아지지는 않을까? 그러니까 사회

구성원으로서 다른 사람들에게 도움이 되고 가치를 만들어내고 있다는 믿음을 경제적인 보상으로 받는다면 모든 게 달라질 수도 있을까?

프리랜서라서 남들과 다르다는 수치심이 경제적인 성과로 덮일 수 있지 않을까 생각해보는 것이다. '그래, 나 오후 세 시에 나다닐 수 있어. 그래도 돈 잘 벌어.' 마음속에서나마 외칠 수 있다면? 그렇다면 나는 병원에서도 은행에서도 떳떳할까? 정말 그런 거라면 경제적 보상으로 대표되는 일의 가치에 대한 인정이 부족하다고 여겨서 남들 일할 때 돌아다닐 수 있다는 것에 수치심을 느끼는 걸까? 어디 가서 프리랜서라고 말하기는 하지만 깊은 속마음으로는 내가 정말 프리랜서가 맞을지, 이렇게 경제적 가치를 창출해내지 못하고 있는데, 이렇게 들어오는 일이 적은데, 자신을 프리랜서라 지칭해도 되는 건지, 남몰래 망설이고 있기 때문에 부끄러운 걸까?

그러니까 이것은 결국 프리랜서라는 노동 형태가 아니라 벌이에 관한 문제인가. 능력, 쓸모, 가치, 성공이 경제적인 숫자로 환원되는 자본주의 사회에서 스스로도 남들에게도 인정받고 있지 못하다는 인식이 수치심을 증폭시키고 있는 것일까. 어느 정도 사회주의적인 가치관을 갖고 있는 사람인데도 돈을 벌어오지 못하면 쓸모없다는 철저히 자본주의적인 생각을 뿌리 깊이 내재화하고 있다는 증거일까.

이것은 유급노동을 하지 않고 있는 모든 이를 깎아내리는 생각이다. 돈이라는 수치로 증명되지 않는 수많은 무급노동을 깎아내리는 생각이다. 가령 누군가를 돌보는 일, 가사와 살림을 꾸려가는 일, 창출해내는 가치와 관계없이 구조적으로 적은 임금을 받거나 아예 받지 못하는 여러 차별적인 조건들로 인한 상황까지 모두 지워버리는 생각이다. 나는 그렇게 생각하고 싶은가? 아니. 그렇다면 나의 가치와 사회의 가치가 충돌하는 중이고 나는 스스로의 가치에 위배되는 사회의 가치에 굴복해 있는 중이다.

정리해보면 프리랜서 수치심이란 능력주의와 실용주의로 인한 수치심의 연장이고, 존재에 대한 수치심이 옆에서 이를 살짝 거들고 있다고 볼 수 있다. 빙빙 돌아 다시 돌아왔다. 온 생애를 옭아매온 성취 압박이라는 감옥. 나는 대체 이것을 어떻게 다루어 나가야 할까.

수치심에 관해 탐구해오면서 발견한 것은 지금처럼

성취를 존재의 목표이자 가치로 삼는 경우, 나는 영영 지는 입장일 수밖에 없다는 점이었다. 얼마나 높이 올라가든 올려다볼 곳은 언제나 존재하기 때문에 위를 향한 고개는 떨어질 줄 모를 것이고 나는 스스로에게 만족하지 못할 것이다. 성취에 관한 집념과 노력을 한꺼번에 버려야 한다는 게 아니다. 그것이 내게 있어 중요한 영역을 차지할 수는 있지만 나의 모두를 걸지는 말아야겠다고 생각하게 되었다. 게다가 내가 가진 성취 기준은 그 범위가 무척이나 좁지 않나. 점수를 잘 받거나 어디에 합격한다거나 상을 탄다거나 돈을 잘 번다거나 하는 커다랗고 눈에 보이고 남들에게 쉽게 증명해낼 수 있다고 믿는 것들. 성취의 개념을 작고 눈에 보이지 않고 나에게 의미 있는 것들로 넓게 확장시킨다면 나는 좀 더 자주 기분이 좋고 좀 더 스스로를 믿어주고 좀 더 단단해질 수 있지 않을까.

지금껏 이뤄온 성취를 짚어보면서 또 하나 느낀 건 내가 얼마나 운이 좋았는지, 얼마나 많은 도움을 받았는지에 관한 점이었다. 기질적, 환경적, 사회적으로 가져왔던 좋은 조건들, 운 좋게 일어난 일들과 운 좋게 일어나지 않은 일들, 그리고 앞에서 끌어주고 등을 밀어

주던 유·무형의 손들을 떠올리는 기회를 가지게 되었다. 나의 성취가 내 힘으로만 이뤄낸 나만의 것이 아니라면 성취의 결과를 타인과 사회와 함께 나누어야 하지 않을까 하는 생각이 뒤따랐다. 그것이 어쩌면 성취에 대한 수치심에서 벗어나는 길이 되어줄 수도 있겠다고 생각하자 나는 작은 돌파구를 발견한 기분이었다. 나만의 것이 아니라면 나를 증명해내는 도구가 될 수 없다. 니만의 것이 아니라면 혼자서 기를 쓰고 이루어내야 한다는 압박도 사라질 것이다. 그렇다면 성취라는 덫에 빠져 홀로 분투하는 듯한 외로움이 덜어질지도 모른다.

무엇보다 되새기고 싶은 건 프리랜서로서 일하는 내용을 떠올려보면 채워지는 기분이 든다는 점이다. 물론 에세이를 쓴다는 건 주류에서 멀어지는 기분을 느끼는 일이기도 하다. 창작 지원 프로그램이나 작가 지원 사업, 책 발간 사업, 도서 선정 사업 등등에서 내가 가장 먼저 하는 일은 낄 자리가 있는지를 살피는 일이니까. 공고문 안에 '산문', '수필'이라는 말이 포함되어 있는지를 말이다. '등단'이라는 말이 주는 권위와 소속과 허락과 인정을 받을 기회조차 없는 에세이란 분야는 문학의 범주에 당연하게 끼어 있지는 않은, 애매하게 걸

쳐져 있는 분야다. 그럼에도 불구하고 에세이가 당당히 문학의 범주에 들어가고, 에세이로 상을 받고 에세이로 축제가 열리고 에세이로 전시가 열리는 문화 풍토가 생겨나기를 바라며, 나는 에세이 쓰기를 계속해나갈 것이다.

만일 돈이 무지막지하게 많아져도 하고 싶은 일로서 유일하게 꼽는 글쓰기는 나의 열정이자 운명이다. 나에게 아무리 괴상하고 별난 것이 있어도 그걸 글로 쓸 수만 있다면 괜찮다. 글로 쓴다는 건 알게 되었다는 뜻이고 소화시킨다는 뜻이며 스스로 나아갈 방향을 정한다는 뜻이기 때문이다. 글쓰기는 뭉뚱그려진 감각을 조각조각 파헤쳐서 다음으로 넘어가는 의미의 회복이다. 수치심에 관해 쓰면서 글쓰기에서 받는 위안이 더욱 커졌는데, 수치심을 가진 사람이 나를 드러내는 글을 쓴다는 사실이 스스로 위로가 되고 자부심이 되어주기 때문이다.

성취는 여전히 많은 측면에서 나에게 중요하다. 나를 세상에 증명해내고 타인에게 인정받고 싶은 욕망은 그 자체로 독이 되진 않는다. 건강한 성취욕은 내게 동력이 되어주고 나를 채워주고 나를 서게 만든다. 다만 지금껏 성취감이 짧게만 지속되었던 이유, 다음 목표를 허겁지겁 찾아 나섰던 이유를 잊지 않는다. 삶과 일과 관계들을 평가하는 나만의 기준을 만들어본다. 오래 지속되는 성취감, 나를 가득 채우는 충만함은 원하는 것을 성취할 때 그제야 생길 것이다. 그러므로 프리랜서로서 내가 하는 일을 스스로 인정하고 좋아한다는 점을 집을 나설 때마다 상기한다면 오후 세 시의 나도 이내 가슴을 펼 수 있을 것이다.

이름이란 존재의 서걱거림

　나의 본명은 '주연'이다. 지독한 역설이자 우스꽝스러운 농담 같다. 내 인생에서뿐만 아니라 세상에서 주인공이 되고 싶은 열망과 되어야 한다는 압박 사이에서 사실은 조연밖에 될 수 없고 그렇게 끝나버릴까 봐 초조함에 떨고 있는 사람에게 붙은 이름으로서 말이다.

　"주연아"라고 불릴 때마다 나는 작게 몸을 떤다. 내가 주연이라는 이름으로 불린다는 사실에 게슈탈트가 붕괴되듯 낯선 기분이 든다. 나와 이름 사이에는 미세하게 서걱거리는 틈이 있어 우리는 영영 가까워질 수 없을 것만 같다.

　이름이 불리는 순간은 갑자기 바깥세상으로 호출되

는 순간이고 타인과 세계를 피할 수 없이 만나는 순간이다. 마치 숨바꼭질을 하다가 술래에게 들킨 사람 마냥, 내가 보인다고? 흠칫 놀란 기분이 되어 소리가 난쪽을 돌아본다. 아무리 믿고 싶지 않았어도 내가 이 세계에서 한자리를 차지하고 있었음을, 타인에게 내가 보이고 인식되고 있었음을, 상상하던 타인의 시선이라는 게 진짜로 있음을, 어쩔 수 없이 확인하게 되는 순간이다. 꼭꼭 숨어 지내던 나만의 세계가 차−앙 깨지는 순간이다. 편안하게 유영하고 있던, 자유로운 내면세계에서 억지로 꺼내어지는 순간이다.

이름이란 존재가 세계와 만나는 지점이다. 세상으로 향하는 경계에서 똑똑 노크 소리가 들리고 문이 열어젖혀지는 순간이 바로 이름을 부르고 이름이 불리는 순간이다. 자아와 세계가 만나는 경계에서 생겨나는 수치심과 본질이 맞닿아 있다. 그러니 나는 그것이 두렵다. 문밖의 세계에서 예상치 못하게 무엇을 마주하게 될까, 당황하고 긴장하고 얼어버린 내 모습은 얼마나 엉망일까, 도저히 마주할 수 없는 기분이다.

그리하여 "주연아"라고 불리면 나는 아주 잠깐, 인지하지 못할 정도로 짧게, 1초를 수만 번 나눈 시간 동안, 바짝 얼었다 풀린다. 순간적으로 긴장이 탁 되었다가 놓여난다. 나를 부르는 쪽으로 고개를 돌리는 찰나에 내면에는 굉장한 회오리가 일었다 가라앉는다.

'주연'은 나에게 특별하다. 내가 나를 특별하다고 여기는 딱 그만큼 내 이름도 특별해진다. 하나도 특별할 것 없는 이름이지만 나에게만은 그 자음과 모음의 조화가, 발음이, 세상에 하나밖에 없는 것처럼 느껴진다. 길을 걷다 내 이름을 단 세무사라든지 피아노 학원, 컴퓨터 회사 같은 간판을 보면 잠시 멍해져 발걸음을 멈추고 만다. 분명 누군가의 이름을 딴 것이겠지. 나한테는 하나뿐인 고유한 이름을 내가 느끼는 것처럼 가깝고 특별하게 느끼며 주위 사람들에게 똑같이 "주연아"라고 불리는 사람이 나 말고 또 있다는 사실이 금방 소화되지 않는다. 하지만 아무래도 자의식 과잉으로도 유치함으로도 느껴져 민망함에 꿀꺽 삼켜버리고는 아무에게도 말하지 않는다.

이름을 스스로 발음할 때면 입속이 까끌까끌해진다. 그 이름으로 겪어왔던 그간의 무수한 감정들이 응축되어 버석거린다. 내 이름이 가진 특별함은 기쁘고 반짝거리고 몽글몽글한 특별함이 아니라 기묘하고 따로 놀고 따끔거리는 특별함이다.

　세상에 주연이라는 사람이 드러나는 게 미세한 모래알이 입안에 굴러다니는 느낌인 건 대체 왜일까? 나로 사는 게 버겁다는 느낌과 얼마나 닿아 있을까?

✽

　어렸을 때는 이름 끝 자에 받침이 들어가는 게 싫었다. 받침 없는 이름들은 부를 때도 쓸 때도 가볍고 산뜻하고 명랑한 울림을 주는 데 비해 내 이름은 영 아니었다. 땡땡 '아'가 아니라 누구 '야'라고 친구들의 이름을 소리 내어 부를 때마다 나는 그 이름이 내 이름이었으면 어땠을까 상상해보곤 했다. 혼자 있을 때면 예쁜 이름의 조건을 꼽아보는 일이 나만의 놀이가 되었다. 리을이 들어가는 게 예뻐. 아니, 역시 치읓이나 히읗이 상쾌한가. 기준은 때마다 달라졌는데, 그건 당시 친한 친구의 이름이 무엇인지에 달려 있었다. 좋아하는 사람들은 꼭 이름까지 예뻤다.

　주연이라는 이름은 나만의 생각일지도 모르지만 무게감 있고 진중한 느낌을 자아낸다. 민경, 진선 같은 이름들처럼. 이름이 주는 느낌에 내가 맞춰 살게 된 건지는 몰라도 대책 없이 쾌활하다기보다는 오히려 엄숙함에 가까운 이름이 성격과 맞겠다는 생각은 든다. 그렇다면 내가 주연이 아니라, 민경이나 진선도 아니라, 혜리나 채아 같은 이름이었다면, 나는 지금보다 좀 더 가볍고 명랑하고 밝게 살지 않았을까, 하고 공상에 잠기는 것도 그럴듯하다.

　그러나 꼭 받침이나 자음만의 문제는 아닌 게, 내게는 붙여질 뻔한 제2의 이름이 있었다. 사진 앨범을 열면 제일 앞장에 알지 못하는 여러 한자가 적혀진 종이가 들어 있는데—사주 같은 걸지도 모르겠다—뒷장을 돌려보면 할아버지가 쓴 이름 후보 두 개가, '주연'과 '은정'이라는 이름이 정확히 똑같은 크기와 똑같은 중요도를 가진 채 나란히 쓰여 있다. 그러니까 나는 자칫하면 주연이가 아니라 은정이가 될 수도 있었던 것이다. 나는 가지 못한 은정의 길을 상상해본다. 그건 어떤 느낌일까? 사람들이 나를 "은정아" 혹은 "은정 씨"라고 부르는 삶. 그랬다면, 아무리 받침이 들어가도, 자음이 이응과 지읒으로 지금과 똑같아도, 은정이라면 좀 더 보통의 사람이 되었을 것만 같다. 좀 더 보편적인 사람. 좀 더 녹아드는 사람. 좀 더 단단한 사람. 그리하여 스스로 덜 의심하는 사람. 아, 그렇다. 나는 무조건 내가 아닌 다른 사람이 되고 싶어 한다. 그게 은정이든 은채든 무엇이든, 실은 받침이나 자음 같은 건 아무 상관없다.

"나는 이름보다는 내 성씨가 싫어"

언젠가 만난 사람이 고백하듯, 이름은 마음에 들지만 성이 이름과 어울리지 않아서 성과 함께 풀네임이 불리는 게 싫다고 조금은 비밀스럽게 말했을 때, 나는 그를 내 맘대로 사랑해버렸다. 이름 석 자에 거리를 느낀다는 것은 나 자신과 어색하다는 뜻이다. 그건 성씨와 이름이 어울리고 말고의 문제가 아니다. 모두가 나라고 부르고 나라고 믿고 있는 무언가와 맞지 않는 듯한 느낌, 세상과 어울리지 않는 듯한 기분, 내 존재가 어디선가 어긋난 것만 같은 수치심이다. 나는 그를 마음으로 안고 속삭였다. 나도 그 마음을 알아. 너무 잘 알아.

본명에 주어진 환경은 좋기도 했고 나쁘기도 했지만 무엇보다 내가 선택한 것이 아니다. 주연으로 사는 나는 이름이 그러했던 것처럼 랜덤하게 주어진 환경에서 주어진 사람들을 만났고 주어진 삶을 살았다. 본명에는 주어진 것들이 잔뜩 묻어 있다. 내가 선택하지 않았지만 선택된 것들. 본명으로 불릴 때 그 모든 것의 역사가 이름에 같이 달라붙어 재차 나에게 온다.

주연이는 해내야 하는 일이 있다. 주연이는 보여야하는 모습이 있다. 내가 태어나서부터 맞닥뜨린 환경에서 주연이는 살았다. 가정과 동네와 학교와 사회에서 주연이는 주연이의 엄마와 주연이의 아빠와 주연이의 오빠와 살았다. 주연이의 친구가 있고 주연이의 학교가 있다. 주연이의 담임 교사가 주연이의 엄마를 만나고 주연이의 친구 아빠가 주연이의 오빠를 본다. 그 작은 사회에서 주연이에게는 기대되는 것들이 있다. 주연이라는 이름 안에는 의도와 상관없이 들어간 배경과 환경과 일상과 사회가 들어 있다. 내가 살아오는 동안 이름도 같이 자랐다. 그 안에는 가까운 사람들의 기대가, 커뮤니티의 기대가 그리고 그것들을 내면화한 나 자신의 기대가 들어 있다. 거기에서 놓여나고 싶다. 가벼워지고 싶다. 나를 한 꺼풀 벗겨 살던 동네에 벗어놓고 새 동네로 이사 나오고 싶다.

내가 만든 새 이름은 새 동네가 된다. 닉네임을 짓는 건 애초에 어색하지 않았다. 중학생 때부터 인터넷 안에서 쓸 닉네임을 정해야 했던 우리 세대는 자신에게 본명 아닌 다른 이름을 붙이는 것이 그리 낯선 일이 아니다. 내가 만든 첫 닉네임은 '천사딸기'였다. 3학년 10반 출석번호 23번인 주연이가 같은 사람들과 모여 있는데도 인터넷 공간에서는 천.사.딸.기.였다. 나는 천사딸기일 때 좀 더 쾌활했고 좀 더 말을 많이 했고 외향적인 면을 좀 더 부각해서 표출했다. 나의 천사딸기적인 부분이 튀어나온 것이다. 비록 인터넷이지만─ 어쩌면 인터넷이라서 한층 현실과 단절된 느낌을 주는─어떤 장소에서 천사딸기로 존재했던 경험이 나에게 알려준 것은 스스로 만든 새로운 이름이 새로운 정체성을 만들어낸다는 사실이었다. 내 안에 있지만 자주 꺼내어지지 않던 특정 부분이 새로운 이름을 통해 힘을 얻게 된다는 것을 경험으로 이해했다. 그건 '주연'이가 부르는 사람에 의하여 주댕이가 되고 주발이가 되는 것과는 완전히 다른 차원이었다.

글을 쓰기 시작하면서 나는 글쓰기 자아에게 그리하여 새로운 이름을 주었다. 본명과 전혀 동떨어진 이름이었다. 나는 글로 만난 세상에서 그 이름으로 산다.

'사월날씨'에는 글을 쓰기 시작한 이후의 삶만 묻어 있다. 글을 쓰고 만난 사람들, 글을 쓰고 만난 세상,

글을 쓰고 만난 나. 본명이 가졌던 것들과 크게 연관되지 않은 삶이라는 점이 마음에 든다. 무엇이라 불릴지를 스스로 결정하는 것은 꽤 짜릿한 일이다. 내가 살 세상을 새로 창조하는 기분이니까. 예전에 생각했던 예쁜 이름의 조건과는 상관없이 짓게 된 이름이지만 이름의 예쁨에 대해 고민했던 시간이 스스로 이름을 창조하는 데 분명 한몫했을 거라고 생각한다.

새로운 세상의 사람들은 글로 나를 안다. 가족, 지역, 학교, 성적, 외모가 아니라 생각과 감정, 의견, 마음이 드러난 글로 나를 안다. 일상적으로 마주치면 말하기 어려운, 그렇지만 말하고 싶은 마음을 글로 알아차린다. 글을 쓰는 시간은 괴로울지 몰라도 쓰고 나면 어느 무엇보다 글이 나에 대한 진실을 담고 있다고 느낀다. 글 안에서 나는 어디에서보다 누구와 함께보다 나 자신이 된다. 나를 읽은 사람이라면, 글을 읽고 나를 '사날'이라고 부르는 사람이라면, 나는 처음 만나는 사람이라도 얼마간 안심한다. 그는 이미 나를 알아주는 사람이다. 나를 말하기 위하여 내야 하는 용기의 양이 줄어든다. 내 존재가 받아들여질지 아닐지에 관하여 끊임없이 눈동자를 굴리며 눈치를 살피지 않아도 된다는 뜻이다.

스스로 지은 이름이 때로는 더 진실한 나에 가깝다고 느낀다. 삼십 년 넘게 불려오는 동안 주연에 덕지덕지 붙어버린 사회화의 알갱이들이 사날이라고 불릴 때 하나씩 떨어져 나가는 것 같다. 사날이라는 이름으로 만난 사람들은 누가 먼저랄 것도 없이 손을 내미는 것만 같은 느낌을 준다. 같이 글을 쓰는 사람들, 관심 있는 주제로 모여든 사람들, 서로의 취약성을 기꺼이 드러내 보이는 사람들. 우리는 글을 통해, 때로는 말과 화면을 통해 만난다.

우리는 각자 다른 방향으로 사회의 주류 가치에서 벗어나 있다. 조금씩 이상하고 조금씩 엇나가 있는데 그래서 더 자연스럽고 자유롭다. 그곳에서 나도 좀 더 내가 되어본다. 그곳은 주연이에게 들이대어지던 잣대가 비스듬히 빗겨나 있는 곳, 주연이가 평가받던 시스템이 작동하지 않는 곳이니까.

나로 사는 법을 계속 탐색해나간다. 이름을 만들고 새로운 세상을 만나고 나를 드러내는 법을 찾는다. 내가 나로 편안하게 있을수록 수치심은 줄어든다. 나로서 다른 사람들에게 받아들여질 때, 비로소 나 자신이 될 수 있다. 존재에 대한 수치심이 회복될 수 있다. 이름이 불릴 때, 슬쩍 발을 내밀어 문지방을 넘어본다.

　물론 본명과 필명이 완벽하게 구분될 수는 없는 노릇이라 젖은 종이에 떨어진 물감처럼 서서히 서로에게 물들어가는 중이다. 그럼에도 나는 주연으로 불릴 때와 사날로 불릴 때 여전히 다른 느낌을 받는다. 사날 또한 세상의 풍파를 맛보았고 앞으로 더 겪을 테지만 사날에게는 좋은 것만 주고 싶다. 아니, 그보다 풍파가 자신을 의심하거나 괴롭히지 않을 수 있게 아무리 모진 풍파라도 잘게 쪼개어 소화시킬 수 있는 소화력을 주고 싶다. 마지막 글자에 붙은 리을 받침이 언제까지고 부끄러워지지 않도록.

수치심에 비추는 햇빛

요즈음의 나는 수치심에 매몰되어 있다.

이 글을 쓰는 동안 그 어느 때보다도 수치심이라는 단어를 많이 생각했다. 이제껏 써온 횟수를 다 합쳐도 댈 수 없을 만큼 자주 입에 올렸다. 무슨 글을 쓰고 있냐는 질문을 받을 때마다 수치심이라고 말한 다음에는 부연 설명이 필요했고 답변을 반복해나갈수록 말하기가 쉬워져 갔다. 나는 농담처럼 말하곤 했다. 수치심에 관한 글을 쓰는 사람으로서 말이야, 이건 다 내 수치심 때문일지도 몰라. 가까운 사람들과의 일상적인 대화에서 자주 등장하기 시작했고 평소라면 넘어갔을 일에 수치심이 깊숙이 연관되었음을 알아차리기 시작했다. 삶에서 접하는 많은 걸 수치심으로 귀결시킨다. 수치심의 렌즈로 바라보면 무엇도 완전히 동떨어진 것은 없다. 확정 일자를 받아야 한다는 집주인의 문자에 화가 난 마음조차 바닥에는 수치심이 있으니까.

이러한 인식은 얼마큼 진실일까. 나는 문득 의심한다. 수치심과 연관시키는 것 또한 수치심 때문은 아닐까. 수치심이라는 프리즘을 통과하여 자신을 바라본 이후로 나는 수치심에 억눌려 있는 뇌를 상상한다. 수치심에 잡아먹힌 사고가 또 부끄러워 그 사고조차 긍정하지 못한다. 애초에 수치심이 있고 수치심이 부끄러워 이차 수치심이 생겨나고 수치심을 부끄러워하는 내가 또 부끄러워지니 나를 꽁꽁 옭아매는 수치심의 덫에 빠져버리고 마는 것이다.

그런데 모든 문제의 원인을 수치심으로 돌리는 건 무척 편리한 방편이지 않나? 더 이상의 깊은 사고도 필요 없고 복잡한 이면을 들여다볼 필요도 없다. 수치심 자체를 들여다보는 일이야 물론 깊고 복잡한 사유 과정을 필요로 하지만 그와 별개로 문제의 모든 면을 수치심으로 통쳐버리는 것은 뭉툭한 일 아닌가. 수치심이 나의 다른 면과 혹은 내가 맞닥뜨린 환경과 맞부딪쳐 어떤 불꽃을 만들어내는지를 알아낼 기회를 차단해버리는 것인지도 모른다. 수치심으로 보이지만 조금 다른 감정이나 결핍에서 나온 건 아닐지 복잡다단한 결을 하나하나 쓸어보는 노력을 기울이지 않은 채 역시 수치심이 문제야 하고 매도해버리는 건 나의 촉수를 섬세하게 가다듬을 기회를 버리는 것인지도 모른다.

내가 찾아 헤매던 것이 바로 이것이라고 확신히던 날들의 희열 때문에 너무 몰입해 있던 건 아닐까 생각해보고 있다. 수치심이 상당히 많은 어려움과 괴로움과 안 그러려고 해도 자꾸만 그렇게 되어버리던 사고 흐름과 성향들을 설명해주는 건 맞지만 그것이 곧 나는 아님을, 온 세포가 수치심으로만 이루어진 것은 아님을, 수치심과 함께 다른 종류의 나쁜 것들이나 수치심을 뚫고 살아남은 좋은 것들도 나에게는 있다는 점을 상기해보고 있다.

수치심을 잔뜩 들여다보고 나니 내가 가진 좋은 것들을 곁눈질하게 된다. 수치심의 구렁텅이에서 나는 어떻게 살아남아 왔는가. 그건 내가 가진 자질, 힘, 좋은 에너지로 가능하지 않았을까. 거꾸로 생각해본다면 말이다. 곧은 마음을 지니려 애쓰고 진보성과 윤리성을 추구하며 나와 타인과 세계에 진실하고 성실하고 비겁하지 않으려 노력하는 나. 그런 내가 나를 구해온 게 아닐까.

그리고 마침내 나를 지탱해주는 사람들을 떠올린다. 열일곱부터 함께한 이십 년 지기의 목소리는 내가 나를 믿지 못하는 이야기를 잔뜩 쓸 때마다 마음 한구석을 끈질기게 지켜주었다. "자꾸 무언가가 되려고 불안해하지 않아도 돼. 넌 이미 너 자신이니까." 나를 증명할 필요가 없는 사람이 곁에 있다. 내가 나를 믿지 못할 때, 내가 믿는 사람이 나를 믿어주는 말들에 마음을 기대어 살아왔다. 그건 무른 마음에 두툼한 완충재를 두르는 일이다.

내가 받아온 사회적 압박을 생각하다보면 넘치게 받은 사회적 지지를 함께 떠올리지 않을 수 없었다. 특히 양육자와 관련해서는 이미 장기기억으로 넘어가버린 많은 장면들이 살아 돌아오곤 했다. 대여섯 살쯤 된 작은 내가 오빠 손을 잡고 집을 나서는 엄마를 향해 큰소리로 무섭다고 외쳐 부르던 소리, 그 소리에 발걸음을 돌려 내게로 와 함께 집에 머물러주었던 기억처럼 사소한 장면들이 살아나 마음을 채웠다. 내가 원하는 많

258

은 순간에 내 곁을 지켜주었던 엄마와 아빠는 세상의 축소판이자 동시에 든든하고 성실한 보호자였다. 역설적이게도 나의 수치심을 생각할수록, 내가 나일 수 있도록 내가 나를 지킬 수 있도록 사랑을 보태준 사람들의 형체도 또렷해졌다.

그들에게 받아서 몸속에 녹아든 온갖 것들을 헤아려보면, 내게 있는 불안이나 수동성, 비관주의뿐만 아니라 주도성, 추진력, 모험심, 비판적 사고력, 낙관성, 자신감, 배려, 이해력을 발견하게 된다. 수치심을 분석하느라 벗겨진 껍질 아래로 그간 눌려 있던 반짝이는 것들이 모습을 드러내는 것이다. 처음에는 나의 모든 것이 수치심으로 빠짐없이 설명될 수 있다고 믿었지만 글을 써나가며 전폭적인 믿음과 전면적인 의존에서 벗어나 다른 면들에도 서서히 조명이 비추고 그것들로 인해 내가 수치심의 화신으로 살아오지는 않았다는 인식, 나아가 이것들이 나의 수치심을 회복할 수 있는 자원이 되어줄 거라는 기대까지 슬그머니 생겨난다.

그렇다면 나는 수치심이라는 계절을 통과한 걸까? 그렇게 말할 수는 없다. 깊은 연인은 떠나도 흔적을 남기듯 나의 핵심으로 여겨지는 수치심이라는 렌즈를 아예 벗어버릴 수는 없을 것이다. 그러고 싶은 것도 아니다. 부끄러운 부분을 내놓는 것이 나에게는 꽤 짜릿한 일이고 그것은 웬일인지 나를 자유롭게 함을 알게 되었다. 수치심을 고백하고 나누고 위로받는 일이 서로를 알게 하고 서로를 느끼는 꽤 좋은 방편임을 알게 되었다. 관계의 깊은 곳으로 향하는 길이 되어준다.

*

수치심에 대한 글을 쓰면서 새롭게 깨달은 건 수치심을 가져도 괜찮다는 점이다. 수치심을 느낀다는 것에 수치심을 느끼지 않아도 괜찮다고, 수치심을 느끼는 게 부끄러운 일이 아니라고 정말로 믿게 되었다. 이건 나만의 일이 아니고 어디에나 있을 수 있는 이야기이며 내가 어딘가 단단히 잘못된 사람이 아님을 알게 되었기 때문에. 수치심을 꺼냄으로써 알게 되었고 꺼내어 알아차리고 확인하는 것만으로도 저 멀리 터널의 끝, 손톱만 한 빛을 바라보는 기분이었다. 수치심은 숨긴다고 해서 아주 숨겨지지 않을뿐더러 그럴수록 안에서 점점 더 곪아가는 것 같다. 그러니 밖으로 꺼내놓고 햇볕 아래

널어놓은 채 하나하나 뒤적거려보고 까뒤집어 보거나 그게 어려워 양지에 꺼내놓지 못하더라도 어디 어둡고 축축한 습지 같은 아무도 보지 못하는 곳에 혼자 쭈그리고 앉아서라도 꺼내놓을 수 있다면 그것만으로 훌륭한 내딛음이라고 생각한다.

나는 아는 것을 믿는다. 한번 알고 나면 그것을 모른 체하든 멀리 치워놓든 정말로 모르던 때로는 돌아갈 수 없다. 아는 건 문을 열어젖히는 일이다. 당장은 직면하기 괴로워 문을 닫아두더라도 작은 구멍으로 새어 들어오는 빛줄기 하나를 가지는 일이다. 빛줄기는 오래도록 사라지지 않는다. 시간이 걸려도 끝내 문은 열리고 방은 환해지고 앎이 나를 구해준다고 믿는다.

내 수치심의 기원은 어디일까. 언제부터 쌓여왔을까. 알고 싶었다. 그것이 수치심의 지도를 그려나갈 첫걸음이 되어줄 거라 생각했다. 명확한 정답을 찾기보다 어두운 땅에 손길이 닿는 곳마다 전구가 하나씩 켜진다는 상상을 하며 여기저기 흩어져 있는 힌트들을 주워 모았다.

내가 받는 사랑과 인정에 조건이 붙어 있다고 여겼을 때, 여자라서 덜 중요하고 덜 고려되는 존재로 대해졌을 때, 존재 가치에 매달리게 되었다. 똑똑한 여자애가 배척당할 때, 성인이 되어 공부만 해온 나와 달리 정신과 영혼이 가득 차 있다고 느껴지는 사람들을 만나며 열등감을 가졌을 때, 내가 해온 선택들을 실패라고 여기는 가까운 이들의 평가를 들었을 때, 나를 믿지 못하게 되었다. 좋아하는 일을 선택했지만 그로 인해 많은 것이 정해졌다고 느낄 때, 어릴 때 막연히 가졌던 내 삶이 특별할 거라는 믿음이 옅어지고 내가 별다를 것 없고 아무것도 아닌 존재로 판명 나버리는 시기가 다가온다고 느낄 때, 허약한 자기애가 무너지기 시작했다.

　　이제 나는 안다. 나의 수치심은 자부심과 긴밀하게 연결되어 있고 그건 때로 같은 뿌리에서 나온다는 걸, 자부심을 줄이는 게 수치심을 줄이는 길이 될 수도 있음을 이해한다. 성과중심적인 사회에서 성과'전부'주의 인간이 되어오는 동안 내가 해내온 성취로 자부심을 쌓았고 그 자부심이 나를 지켜주기도 했다는 걸, 내가 받아온 지원들이 효능감과 무력감을 함께 주었다는 걸 안다. '그럼에도 불구하고'와 '그렇기 때문에'가 그리 멀지 않은 곳에 있음을 안다. 내가 가진 것들과 수치심의 관계, 나의 수치심과 사회와의 관계를 더듬어 알아간다.

잘해 냈다는 사실이 어떤 경로로 나를 '잘함'에 목숨 거는 사람으로 만들었는지를 알게 되었다. 수치와 지위와 능력으로 사람의 등급을 나누는 사회가 어떻게 패자와 승자 모두를 수치심으로 옭아매는지 이해한다. 패자가 될까 봐 갖는 수치심, 실은 패자인지도 모른다는 수치심, 아무도 모르는 나의 패자적 보습을 숨겨야 한다는 수치심은 우리가 취약성을 드러내고 연결되지 못하게 막는다. 두려움에서 파생되는, 나는 절대로 패자가 될 수 없다거나 되지 않을 거라는 오만은 필연적으로 수치심을 이끈다. 경쟁에서 우위를 차지해야 한다는 강박, 나아가 인생의 모든 영역에서 최고여야 한다는 비합리적인 압박 속에서 나는 수치심을 배양해냈다.

여자로서 살아온 삶 또한 수치심과 밀접한 연관을 갖는다는 사실은 페미니즘을 통해서 알게 됐다. 남성우위의 사회구조를 들여다보며 알게 된 건 그것만이 아니다. 내가 겪지 않은 성차별과 폭력이 내가 보지 못한 곳에서 수없이 일어난다는 것, 그것이 단지 여성이라는 존재의 문제라는 걸 알게 되는 건 여성으로서의 수치심을 키우는 일이기도 했다. 하지만 완벽하지 않은 여자에게 쏟아지는 비난을 인지하게 되는 건 완벽하지 않은 모습을 들키고 싶지 않은 내 모습을 돌아보게 만들었고 내 안의 족쇄를 알게 했다. 그러므로 페미니즘은 나를 가두었고 또 해방시켰다. 도저히 벗어날 수 없는 조건 인 여성으로서 부여되는 수치심, 존재 가치를 태생적으로 깎아내리는 사회에서 갖게 되는 수치심을 알게 했고 앎으로써 자유롭게 했다. 사회를 바꾸려는 노력, 기존 규칙에 저항하려는 노력, 잘못된 인식을 비판하는 행동을 이끌었다. 그리하여 이제는 수치심을 앎으로써 내 수치심이 강화되며 동시에 약화된다는 것을 이해한다. 수치심을 앎으로써 나 자신에 몰입해 있던 스스로에 대한 부끄러움을 알게 되었고, 그렇기에 시선을 밖으로, 타인과 사회와 공동체로 돌리는 길을 모색하게 되었다.

그렇기에 안다는 건 모르고 있던 상태와는 전혀 다른 성질의 차원으로 가버리는 일이다. 모르고 있으면 아무 데로도 갈 수 없다. 그 자리에 서서 내가 모르고 있다는 것조차 모르는 채로 때로는 어디에서 오는지 알 수 없는 감정의 파도에 그저 휩쓸릴 뿐이다. 모를수록 파도는 위험하고 공포스럽고 강렬하게 느껴진다. 파도의 기원을 아는 상태라면 휩쓸려도 길을 찾을 수 있다. 적어도 예측하거나 대비할 수 있다. 알고 나면 선택할 수 있고 모르던 때와는 완전히 다른 길을 갈 수 있는 가능성이 생긴다. 아는 것이 비록 상처가 되고 고통이 되더라도 궁극적으로는 우리를 올바르게 이끌 것이라 믿는다.

그렇게 알게 된 것들을 인지하고 의식하는 게 수치심을 회복하는 데 도움이 된다. 적어도 이 감정과 생각이 어디에서 왔는지를 알게 되면 여전히 그 감정과 생각에 잠겨 있더라도 내 정수리가 수면에 바로 닿아 있다는 감각 정도는 가질 수 있게 되기 때문이다. 조금만 고개를 들면 물속에서 빠져나올 수 있을지도 모른다는 기대, 조금만 위로 올라가면 숨을 쉬게 될 거라는 희망을 지금 당장 이루지 못하더라도 가질 수 있기 때문이다. 그리고 무엇보다 말로 내뱉고 밖으로 꺼내놓는 것이 가지는 양기의 힘. 나는 글쓰기와 워크숍으로 나의 수치심을 양지에 드러내 놓고 뽀송하게 말리는 중이다.

*

얼마 전부터 테니스를 배우기 시작했다. 테니스는 참 희한한 운동이라서 꾸준히 실력이 느는 게 느껴지기보다는 됐다가 안 됐다를 매 순간 반복하게 만든다. 이번 공은 잘 받아쳤다가도 다음 공은 영 이상한 삑사리를 내고, 이번 스윙에서는 감을 잡은 것 같은데 다음 스윙은 흔들려버리고 만다. 나는 파트너 앞에서 감정과 승부욕을 마음껏 드러내는 편이라 함께 테니스를 치면서 실수를 하거나 칠 수 있었을 공을 못 받아치면 과장되게 씩씩거리거나 의기소침해져서 어깨를 축 늘어뜨리고 코트를 걸어다녔다. 공 하나하나에 일희일비하지 말라는 파트너의 조언이 실행은 안 되어도 귀에 딱지처럼 내려앉은 무렵, 그날도 영락없이 공을 놓친 후에 테니스채를 내동댕이치고 싶은 마음으로 공을 줍고 있었다. 그러다 문득 생각했다.

'언제부터 잘 쳤다고 이렇게 열을 내?'

배운 지 몇 달 됐을 뿐이고 지금까지 테니스를 잘 쳐본 적이 없으며 그게 내 실력이다. 그런데도 모든 걸 당연하게 잘해야 한다는 생각에 스스로 화를 내고 있다. 아니다. 나는 잘하는 사람이 아니고 아닐 수 있고 아니어도 괜찮다. 글에 썼던 대로 되뇌었다. 이것도 오만이야. 시작하자마자 잘하길 원해? 못하는 게 당연하잖아. 완벽해야 존재할 수 있다는 강박을 다른 말들로 덮어본다. 나는 완벽하지 않아, 나는 틀릴 수 있어, 완전하지 않아도 충분할 수 있어. 아무것도 아닐까 봐 두려워하는 마음을 알아주고 그 위에 아무것도 아니어도 괜찮다는 생각을 한 스푼 추가한다. 이음새 없이 매끈하고 멀끔한 사람으로 보이기를 그만두자고 되뇐다.

수치심은 취약성에서 온다. 못하고 약하고 부족한, 허점과 결함과 빈틈들. 하지만 취약성이 모두 수치심으로 연결되는 것은 아니다. 스스로 적용하기는 어렵지만 내가 좋아하는 사람들로 생각해보면, 나는 그들의 취약한 점을 사랑한다. 취약하지 않은 강인한 부분을 좋아할 수는 있다. 하지만 사랑하는 건 아무래도 취약성이다. 누군가를 사랑하게 되는 건 그의 취약한 부분을 알게 되고 그럼에도 불구하고 좋아하거나 혹은 바로 그 점을 가슴 아리게 좋아하며 그의 취약성을 안아주고 싶을 때 사랑이라고 말할 수 있는 것 아닐까? 바로 그 관점을 나에게도 적용해보려 한다. 나는 나에게 친절하고 나를 믿어주고 나를 사랑하는 데 있어서 타인을 대상으로 했을 때보다 훨씬 미숙하고 서툴다. 나의 좋은 점, 강인한 점, 반짝이는 모습을 좋아하기는 쉽다. 반면 나의 어두운 면, 약한 면, 취약한 면은 좋아하지 못해도 사랑해주고 싶다. 아니, 사랑하지 못해도 안아주고 싶다. 괜찮다고, 그럴 수 있다고, 그것도 내가 사랑하는 모습이라고 말해주고 싶다. 사랑하는 사람에게 주고 싶은 말 그대로. 나의 결핍과 단점과 욕망과 부정적인 감정을 마주하면 오히려 숨통이 트이기도 한다. 자기 자신과 자기애와 나에 대한 환상으로 꽉 찬 마음에 틈이 생기고 바람이 불어온다. 내가 나의 약한 모습을 안아줄 수만 있다면 그 따뜻한 포옹 안에서 수치심은 햇볕을 받은 습지식물처럼 갈 곳을 잃을 것이다.

쓰기의 주문

　어렴풋이 수치심에 접속하기 시작한 건 팔 년 전 무렵이었다. 심리학과 대학원생이었던 나는 한창 자기애라는 개념에 몰두해 있었다. 경쟁적이고 개인주의적인 사회에서 인정받기 위하여 자기 자신을 과시하려는 시도는 그럴 법한 연결로 느껴졌고 따라서 자기애적 성격은 시대 양상과 밀접하게 연관되어 보였다. 하지만 자기애라 하면 일반적으로 떠올리는, 스스로 대단하고 특별하게 여기면서 거대한 자아를 겉으로 드러내고 거만하게 구는 외현적인 자기애에는 왠지 구미가 당기지 않았다. 그보다는 스스로 대단하게 여기는 건 똑같지만 그것을 무의식적으로 억압하면서 자신을 보잘것없고 무력하게 여기는 취약함 또한 갖고 있는 내현적인 자기애에 끌렸다. 겉으로는 겸손하거나 자신감 없어 보이지만 안에는 비대한 자아를 품고 있는 어딘가 뒤틀린 자기애를 접하면서 시대적 특성이나 사회문화를 떠나 지극히 개인적인 자아 탐구의 실마리를 얻은 기분이었다. 자신이 특별하면서도 별것 아닌 존재라는 모순되고 불안정한 인식의 뿌리를 찾아나가는 발걸음처럼 여겨졌다.

자기애를 중심에 놓고 연구해나가면서 뒤틀린 자기애의 정서적인 핵심이 수치심임을 알게 되었다. 당시 내게 수치심은 딱 그 정도 존재감으로 다가왔다. 자기애가 나를 설명해줄 것이고 거기에 따라붙는 동반자이기에 아마 나와도 연결될 법한 개념. 수치심에 달라붙는 공허감, 부적절감, 무가치감, 열등감 등을 가깝게 느꼈고 그점이 흥미로웠다.

시간이 흘렀다. 자기애에 대해서는 종종 생각했지만 수치심은 잊었다. 수치심이라는 개념이 내 마음을 장악한 적은 없기 때문이었다. 그렇지만 개념만은 끈질기게 머릿속에 살아남은 건지, 글쓰기 수업을 듣던 어느날 정확하게 수치심을 인지하게 되었다. 별일은 아니었다. 보통의 시선으로 보자면 말이다. 그저 내가 말을 잘

못했고 누군가의 마음이 상하는, 종종 일어날 법한 일이었다. 하지만 둘 간의 일이 아니라 다른 사람들이 그걸 보고 있었다는 점이 달랐다. 잠깐의 실수로 넘어가는 일이었지만 나는 내가 실수했다는 사실보다 실수했다는 사실이 알려졌다는 점에 수치심을 느꼈다. 따가운 시선을 과장되게 상상했고 몸이 뜨거워졌다. 수치심으로 붉어진 심장은 나를 잠 못 들게 했다. 그날 밤, 나는 책장을 뒤져 예전에 쓴 논문을 찾아냈다.

낮의 수업에서 내가 느낀 건 죄책감도 미안함도 아니었다. 나는 나를 바라보고 있었다. 나를 숨기고 사라져버리고 싶은 마음, 그 자리에 앉은 내 존재를 부적절하게 여기는 마음. 그리고 그 마음이 내 삶 곳곳에 분포되어 있다는 걸 깨달았다. 나라는 존재가 나 자신을 끝없이 괴롭혀 온 바로 그 마음이었다.

논문을 다시 읽어 내려가며 여러 상념들이 말로 옮기지 못할 속도로 빠르게 소용돌이치기 시작했는데 그러면서도 신기할 정도로 머릿속이 개운해지는 기분이었다. 반가움과 설렘과 기쁨과 슬픔과 절망과 무력감이 한데 뭉쳐 심장이 세차게 뛰었다. 살아온 인생이 파노라마처럼 스쳐 지나간다는 게 이런 걸까. 돌돌 말려 있는 실뭉치의 끝을 잡아당긴 것처럼 과거에 겪어온 괴로움들, 지금도 여전히 해결되지 않는 어려움들이 굴비 엮듯 줄줄이 딸려 나왔다.

수치심이 나라는 사람을 관통하는 줄기이고 지금껏 찾아 헤매던 주제라는 것을 확신했다. 만약 자아가 집이라면 어두컴컴하던 현관에 전구가 반짝 켜지고 문득 비어 있던 손에 열쇠가 들려진 것 같았다. 이때껏 나를 설명하기 위해 가져다 쓴 개념들은 많았다. 유행하던 개념들—자존감, 민감성—로 나를 이해하려고 시도해왔고, 심리학을 연구하며 만난 개념들—자기애, 통제감, 신경증과 내향성—도 물론 도움이 되었다. 그렇지만 수치심이야말로 나의 핵심 감정이고 나를 괴롭혀 온 문제들의 중심일지도 모른다고 생각한 순간 나는 갑작스럽게 자신에 관한 많은 걸 이해하게 되는 기분이었다.

운명은 과거의 여러 지점들에 매복해 있다가 찾기 시작하면 마치 보물찾기처럼 모습을 드러내는 것 같다. 과거의 연구 주제가 의식 안쪽에 자리 잡고 있었고 이후 벌어진 실제 사건이 수치심을 촉발한 후에 다시 만난 논문 속 문장들이 나의 인식체계를 통합시켜 수치심을 나라는 사람 전체에 적용하게 되었으니 말이다.

그날부터 나는 게걸스럽게 지식을 탐하기 시작했다. 도서관에 가서 수치심에 관한 책을 찾아 읽었고 심리학의 논문들을 탐독해나갔다. 나는 책과 이론과 연구로 자신을 이해하는 데 꽤 통달해 있다.

그러나 수치심에 관해 쓰기로 작정한 후 오랫동안 아무것도 쓰지 못했다. 이론과 연구를 들여다보는 건 무척 재밌지만 그것만으로는 나를 쓰지 못한다. 나를 쓰는 건 내면을 들여다보는 작업이고 그것은 근원적인 공포를 건드리는 일이다. 글을 쓰는 과정에서 마주하게 될 것이 무얼지 알지 못했다. 내 속에 굳건히 자리 잡은 이 수치심이란 녀석을 넓게 탐색하고 깊이 탐구하여 종국에는 낱낱이 파헤치길 바라지만, 바라는 마음과 별개로 나는 오래 머뭇거렸다. 마주보는 것으로도 괴로운 수치심에서 벗어날 수도 있다고 희망을 걸어보지만 아무래도 두려웠다.

때로는 수치심에 관해 쓰기로 한 결심이 허무맹랑하고 말도 안 된다고 생각했다. 제대로 들여다보지도 못하는 걸 어떻게 쓰려고 그래, 익숙하게 자신을 꾸짖었다. 수치심이 내면화된 사람이 그렇듯이 나는 나에 대해 혼란스러워하고 통합하지 못하고 있다. 그런 사람이 정체성의 핵심을 분석하여 쓴다니 아무래도 허무맹랑 아닌가. 내 수치심에 관하여 체계적, 객관적, 분석적, 통합적으로 쓰고 싶어 하는데 그게 수치심을 가진 사람으로서 과연 가능한 작업일까? 엉망진창으로 꼬여 있는 실타래를 자타가 납득 가능할 만큼 명료하게 언어화할 수 있을까? 이해받고 싶다, 이만큼 이해받고 싶었던 적이 없다. 잘 쓰고 싶다, 이만큼 잘 쓰고 싶었던 적이 있나. 그러나 이 마음을 내려놓아야 쓰는 행위가 가능해질 것 같았다. 한편으로는 아무도 이해하지 못한다는 생각이 몸을 가볍게 만들기도 했다. 어차피 아무도 이해하지 못할 테니 무엇도 못 쓸 게 없잖아.

이 글을 쓰는 동안 고통스러웠다. 들여다보고 싶지 않은 것의 구덩이를 손을 들어 파헤쳐야 했다. 힘들어도 이 파헤침을 멈추지 말아야 한다는 것을 안다고 되뇌었다. 손톱을 바짝 세우고 손을 높이 쳐들자. 충분히 파헤치고 나면 나는 잔인하게 꺼내놓은 것을 다른 땅에 옮겨 묻고 떠날 것이다. 다른 땅이라고 해봤자 여전히 내 마음 안이겠지만 그래도 나는 이것을 새로운 땅에 넓게 펴 바르고 자리를 털고 일어설 것이다. 그 땅에서 천천히 걸어 나올 것이다. 이것이 나의 쓰기의 주문이었다.

참고 자료

마사 누스바움, 《혐오와 수치심》, 조계원 옮김, 민음사(2015).

마이클 샌델, 《공정하다는 착각》, 함규진 옮김, 와이즈베리(2020).

브레네 브라운, 《진정한 나로 살아갈 용기》, 이은경 옮김, 북라이프(2018).

브레네 브라운, 《수치심 권하는 사회》, 서현정 옮김, 가나출판사(2019).

아니 에르노, 《부끄러움》, 이재룡 옮김, 비채(2019).

에리카 존슨, 퍼트리샤 모런, 《여성의 수치심》, 손희정, 김하현 옮김, 글항아리
    (2022).

존 브래드쇼, 《상처받은 내면아이 치유》, 오제은 옮김, 학지사(2004).

캐시 박 홍, 《마이너 필링스》, 노시내 옮김, 마티(2021).

클라우스 베를레, 《완벽주의의 함정》, 박규호 옮김, 소담출판사(2012).

용원중, "[인터뷰] 김혜수 '배우가 최선인지 여전히 고민'", 〈스포츠큐〉,
    2015. 4. 28.

! \

수치심 탐구 생활

완벽주의와 자기의심에 대하여

초판 1쇄 발행 2023년 3월 30일
초판 3쇄 발행 2024년 6월 21일

지은이 사월날씨
발행인 박효상
편집장 김현
시리즈 책임기획·편집 윤정아
디자인 이지선
마케팅 이태호 이전희
관리 김태옥

종이 월드페이퍼 | **인쇄·제본** 예림인쇄 바인딩 | **출판등록** 제10-1835호
펴낸 곳 사람in | **주소** 04034 서울시 마포구 양화로11길 14-10(서교동) 3F
전화 02) 338-3555(代) | **팩스** 02) 338-3545 | **E-mail** saramin@netsgo.com
Website www.saramin.com

왼쪽주머니는 사람in의 단행본 브랜드입니다.
책값은 뒤표지에 있습니다.
파본은 바꾸어 드립니다.

ISBN 978-89-6049-925-6

978-89-6049-909-6   04810 (세트)